encuentro

¡El libro también se
transforma! ¡Pasa
las páginas y verás!

ANIMORPHS ®

El encuentro

K.A. Applegate

SCHOLASTIC INC.
New York Toronto London Auckland Sydney
Mexico City New Delhi Hong Kong

Cover illustration by David B. Mattingly

Originally published in English as *The Encounter.*

ISBN 0-439-08627-2

Text copyright © 1996 by Katherine Applegate.
Translation copyright © 1998 by Ediciones B.S.A.
All rights reserved. Published by Scholastic Inc.
SCHOLASTIC, MARIPOSA, ANIMORPHS, APPLE PAPERBACKS and associated logos are trademarks and/or registered trademarks of Scholastic Inc.

12 11 10 9 8 7 6 5 4 3 2   9/9 0 1 2 3 4/0

Printed in the U.S.A.   40

First Scholastic printing, September 1999

A Michael

La autora quiere expresar su agradecimiento al Raptor Center de la Universidad de Minnesota. Las personas que deseen obtener más información sobre dicha institución y sobre las aves de presa en general, pueden hacerlo a través de Internet en la dirección www.raptor.cvm.umn.edu.

El encuentro

CAPÍTULO 1

Me llamo Tobías. Soy un tipo raro. En realidad, no hay otro como yo.

No les voy a decir mi apellido ni el nombre de la ciudad donde vivo; y no porque no quiera, sino porque es una información que no puedo proporcionales.

Quiero que sepan toda la historia, pero no les daré ninguna pista que pueda ayudarlos a revelar mi verdadera identidad o la de los demás miembros del grupo. Todo lo que les voy a contar a partir de ahora es la pura verdad y por muy increíble que les parezca, deberán creerme.

Como ya les dije, me llamo Tobías. Me considero un chico normal y corriente, o al menos lo era hasta hace poco. No me iba mal en la es-

1

cuela. No es que fuese un genio, pero tampoco era de los peores. Bien que mal, salía a flote. Eso sí, a veces me hacía el payaso. Podría decirse que era corpulento, aunque no lo bastante para evitar que los demás se metieran conmigo. Antes tenía el pelo castaño y rebelde y siempre parecía ir despeinado. En cuanto a mis ojos eran de color... ¿de qué color eran mis ojos? Sólo han pasado unas cuantas semanas y cada vez recuerdo menos cosas de mi pasado como humano.

En el fondo da igual. Ahora tengo unos ojos de color castaño dorado que siempre miran de un modo amenazador y penetrante. En realidad no soy tan peligroso como parezco, pero visto de afuera sí doy esa impresión.

Una tarde, mientras aprovechaba las corrientes de aire cálido para elevarme sobre un grupo de nubes bajas que cruzaban el cielo a toda prisa, cargadas de humedad, se me ocurrió mirar hacia abajo con estos ojos potentes como rayos láser. Todavía podía leer; al menos de eso no me había olvidado. Distinguí un enorme letrero rojo y blanco que decía: DAN HAWKE "EL HONRADO": COMPRAVENTA DE AUTOS DE SEGUNDA MANO.

Eché las alas hacia atrás y las pegué a mi cuerpo. En seguida comencé a descender en picado, a una velocidad cada vez mayor. Atravesé el aire tibio de las últimas horas de la tarde como una roca o un proyectil que va directo al blanco.

Me envolvía un silencio absoluto, sólo roto por el sonido del aire al rozar mis alas. El suelo apareció frente a mí como un objeto que alguien me hubiera arrojado.

Entonces ví la jaula. No tendría más de un metro de largo. Adentro había un halcón de cola roja, como yo.

Me di cuenta de que había un hombre a pocos metros de él. Lo reconocí por los anuncios de la tele. Se trataba de Dan Hawke, el del negocio de compraventa de automóviles usados.

Era él quien tenía prisionero a aquel ratonero hembra. Era su mascota. En los anuncios la llamaba Polly "al precio de costo". Me enfermaba ver cómo la trataba.

Justo en aquel momento descubrí la cámara y a los tres tipos que rondaban por allí. Debían de estar a punto de rodar otro anuncio, pero me daba igual.

Dan, el "honrado", se dirigió hacia la jaula para echarle algo de comer al ratonero. La caja tenía un candado parecido al que llevan algunas bicicletas. Uno de esos que se accionan con una combinación de cuatro números. Los podía ver a medida que los marcaba: 8-1-2-5.

Aunque me encontraba a unos doscientos

metros del lugar y me acercaba a la tierra a una velocidad de más de cien kilómetros por hora, conseguí divisar la combinación y mi cerebro humano la memorizó.

El hombre abrió la jaula y echó en ella un poco de comida. Luego la volvió a cerrar con candado.

Se encendieron unas luces muy brillantes. Iba a empezar la filmación del anuncio comercial, que se emitiría en directo para toda la zona.

Mi plan era una locura. Eso era lo que hubiera dicho Marco. Una de sus expresiones favoritas: una locura.

No importaba.

Había un ratonero prisionero en una jaula minúscula que un vendedor de autos usados sin escrúpulos utilizaba como simple objeto decorativo. Aquello no podía continuar así. No, si yo podía remediarlo.

Lancé un chillido.

A unos seis metros del suelo, abrí las alas. La tensión que mi cuerpo acumulaba alcanzó su punto álgido. Absorbí la mayor parte del impulso y el resto lo utilicé para ganar velocidad. Atravesé la explanada donde se hallaban estacionados los vehículos y me dirigí hacia la jaula como una flecha.

Me posé sobre los barrotes y me sujeté a ellos con las garras.

Acto seguido, presioné el primer número con

el gancho afilado de mi pico y oí cómo hacía "clic" al encajar en su sitio.

—¡Eh! ¡Qué diablos…! —gritó alguien.

La intensa luz de los focos de televisión cayó de lleno sobre mí.

—Bueno, queridos telespectadores —dijo Dan Hawke sin poder disimular su asombro—, al parecer, hay un pájaro que intenta entrar por la fuerza en la jaula de nuestra pequeña Polly. Muchachos, será mejor que lo espanten.

"Sí, muchachos. Vengan a espantarme", pensé yo.

Se oyó el "clic" del segundo número. Un grupo de personas venía por mí, entre ellos, un mecánico agitando una enorme llave inglesa, pero por nada del mundo me iba marchar de allí sin haber liberado antes a aquella ave.

El sitio de un ratonero no está en una jaula, sino en el cielo.

Por desgracia, me habían rodeado.

—¡Atrápalo, Earl! ¡Pégale!

—¡Ten cuidado con ese pico retorcido!

—¡A lo mejor tiene la rabia!

¡El mecánico descargó un golpe con la llave inglesa y por poco me da en la cabeza! Si no recibía ayuda de inmediato, podía considerarme muerto.

<¿Rachel? —Un grito silencioso resonó en mi mente—. ¿Rachel? ¡Te necesito ahora mismo!>

5

<¡Lo siento! Es que he perdido el primer autobús. ¡Acabo de llegar!> Su voz sonó dentro de mi cabeza: lo llamamos "comunicación telepática". Sólo podemos utilizarla cuando adoptamos la forma de un animal.

Di un suspiro de alivio. Los refuerzos venían en camino.

De pronto se oyó un terrible estruendo.

¡BROOOMMM!

—¿Qué demonios fue eso? —chilló el mecánico.

Yo sabía lo que era. Se trataba de Rachel, de la rubia y bonita Rachel, aunque en aquel momento no estaba especialmente bella. Impresionante sí, pero no bella.

Se oyeron una serie de crujidos y golpes muy fuertes.

—¡Ay, Dios mío! —Dan Hawke profirió un grito ahogado—. ¡Olvídense del pajarraco! ¡Hay un elefante que está haciendo papilla los convertibles!

De haber podido, me hubiera echado a reír.

Acabé de girar la cerradura y abrí de golpe la puerta de la jaula.

El ave me miró con recelo. Era un ratonero de verdad, y sólo podía guiarse por lo que le dictaban su mente y sus instintos de ratonero, pero sabía reconocer un camino abierto al cielo cuando lo veía.

Salió como una exhalación de plumas grises, marrones y blancas.

Nunca sabría que era yo quien la había liberado. Aquél era un concepto que quedaba fuera de su alcance y por eso no demostró la menor gratitud hacia mí.

Batió las alas y alzó el vuelo.

Era libre.

Entonces experimenté una extraña sensación. Algo me empujaba a acompañarla, sentía la necesidad de estar con ella.

<¿Podemos marcharnos ya?>, me preguntó Rachel.

Y mientras lo decía, no cesaba de lanzar fuertes bramidos, sacudir la trompa y pisotear autos. Es decir, teniendo en cuenta que hablamos de un elefante, estaba disfrutando de lo lindo. Pero había llegado la hora de largarse y de que Rachel recuperara su forma humana.

Volví a levantar la vista y vi cómo los rayos del sol se filtraban a través de las plumas rojas de aquel ave, que poco a poco se alejó volando hacia el ocaso.

CAPÍTULO 2

<Oigo unas sirenas>, dije en tono apremiante.

<Yo también —contestó Rachel cortante—. No olvides que tengo unas orejas casi del tamaño de una manta. Me doy toda la prisa que puedo.>

<Sólo espero que sean policías de verdad, y no controladores.>

Habíamos llegado a un pequeño bosque situado detrás del negocio de autos usados. En realidad se trataba de unos cuantos árboles raquíticos que separaban la propiedad de Hawke de una tienda de comestibles.

Posado en la rama baja de un árbol, contemplé la vuelta de Rachel a su estado natural. Si nunca han presenciado una metamorfosis, es difícil de imaginar lo extraño que resulta.

Al principio, era un elefante africano normal: medía unos dos metros de alto y casi cuatro desde la cabeza a la cola. Pesaría unas tres toneladas. Digo «pesaría» porque nunca hemos hecho el intento de subirla a una báscula.

Tenía también dos colmillos curvados del tamaño de un niño pequeño y una trompa que arrastraba por el suelo al caminar. Era capaz de agarrar a un hork-bajir furioso y con las cuchillas en marcha lanzarlo a seis o siete metros de distancia.

Yo la he visto hacerlo.

<Tobías, al menos deberías haber esperado a que acabaran con la retransmisión del anuncio. ¡Miles de personas lo han visto por televisión! ¡Miles!>

<Creerán que soy un especialista o que se trataba de un truco publicitario>, respondí yo.

<La gente normal sí, pero no los controladores. Los que lo hayan visto, habrán adivinado que no éramos sólo animales.>

Controladores. Es una palabra a la que tendrán que acostumbrarse. Un controlador es alguien que lleva un yeerk en la cabeza. Los yeerks son parásitos extraterrestres: unos pequeños gusanos repugnantes que viven en los cuerpos de los miembros de otras especies, a los que acaban convirtiendo en esclavos. Todos los hork-bajir son controladores y lo mismo ocurre con los taxxonitas.

También han ido adueñándose poco a poco de gente como nosotros, a los que llamamos controladores humanos.

Rachel comenzó a encogerse ante mis ojos. Su pequeña cola, que más parecía un trozo de cuerda, fue absorbida como un espagueti. La trompa fue disminuyendo hasta desaparecer.

De aquella inmensa frente de color gris fueron surgiendo mechones de cabello rubio mientras los ojos vagaban por su rostro en busca del centro. En cuanto a aquellas enormes orejas acartonadas, se tiñeron de un color rosado y fueron reduciendo de tamaño hasta quedar perfectamente formadas.

<Los demás nos armarán una buena, ¿verdad?>, comenté.

<Cuenta con ello.>

<Fue idea mía, asumo toda responsabilidad.>

<Oh, deja ya de decir bobadas, Tobías. No seas tan bueno. Además, ¡lo he pasado en grande aplastando autos!>

En aquella postura, con todo su cuerpo descansando sobre los cuartos traseros, parecía mucho más pequeña. Mientras permanecía así, sus patas delanteras empezaron a cubrirse de una piel más lisa y adquirieron un aspecto más humano, las traseras perdieron progresivamente su tosquedad y se alargaron hasta acabar convirtiéndose en las esbeltas piernas de Rachel.

Entonces apareció la ropa que llevaba puesta en el momento de la metamorfosis: un simple maillot de color oscuro muy ceñido.

Los colmillos volvieron a introducirse en la boca y se dividieron en una fila de dientes muy blancos y brillantes. Era una chica preciosa. Era bonita incluso con aquella nariz gris de más de medio metro que le colgaba de la cara.

Al final, la trompa acabó por enrollarse sobre sí misma hasta quedar reducida a una nariz normal.

Ya era una persona de nuevo. Iba descalza, porque ninguno de nosotros había conseguido descubrir cómo realizar una metamorfosis con los zapatos puestos. Su boca también había recuperado el aspecto de siempre y ya podía hablar con su voz normal y no dentro de mi cabeza. Como ya les dije, la comunicación telepática sólo es posible mientras dura la transformación.

—Bueno, ya estoy lista. Salgamos de aquí.

Las sirenas se iban aproximando.

<Ve a la tienda de comestibles. Yo me elevaré unos metros para ver lo que sucede.>

—Ojalá tengan zapatillas —se quejó Rachel—. Esto de ir descalza va a acabar conmigo.

11

El elefante se había esfumado y una chica había ocupado su lugar.

¿Entienden ahora por qué digo que les resultará difícil de creer?

Todo comenzó en un terreno abandonado en el que encontramos la nave accidentada de un príncipe andalita. Era el último que quedaba de su raza en el sistema solar. Junto con sus compañeros había librado una dura batalla para intentar alejar de nuestro planeta a la nave que servía de base a los yeerks.

Habían luchado y habían perdido y ahora los yeerks se hallan entre nosotros con el único objetivo de convertir en esclavos a todos los seres humanos.

Antes de morir a manos del líder de los yeerks, una terrible criatura llamada Visser Tres, el andalita nos hizo un regalo que resultó ser también una maldición.

Su regalo consistió en proporcionarnos la capacidad de transformarnos en cualquier animal vivo haciéndonos absorber su ADN. Hasta entonces, sólo los andalitas habían disfrutado de ese poder.

Lo malo es que ese privilegio también supone vivir una doble vida en la que el peligro es constante.

Los yeerks creen que somos un grupo de andalitas fugitivos. Saben que, convertidos en animales, atacamos su estanque yeerk e incluso nos infiltramos en el hogar de uno de los controladores más importantes: Chapman.

Lo que no saben es que no somos más que cinco chicos normales que una noche decidieron regresar a casa a pie desde un centro comercial.

Visser Tres quiere atraparnos vivos o muertos y casi siempre consigue lo que quiere.

Aun así, yo estaba contento de poder enfrentarme a los yeerks. Tal vez porque tenía menos que perder que los demás; o quizá porque aquel príncipe andalita, tan solo y derrotado y, a pesar de todo, tan valiente, me había transmitido algo especial. Me había conmovido tanto que ya no lamentaba tener que luchar para saldar cuentas.

Sin embargo, también pagamos un alto precio por ello. El poder de transformarse en otra criatura tiene un límite: jamás se debe permanecer en otro cuerpo más de dos horas. Si alguien lo hace, queda atrapado en ese cuerpo para siempre.

Para siempre.

Ésa es nuestra maldición.

Y ésa es también la razón por la cual, mientras Rachel recuperaba su aspecto humano, yo me limité a mirarla.

Sabía que Rachel tardaría aún un rato en llegar a casa en autobús. Yo iba más rápido, así que podía entretenerme un poco por ahí.

13

El sol se estaba poniendo y todavía recordaba la imagen del ratonero liberado alejándose hacia el crepúsculo.

Ojalá hubiese encontrado algún bosquecillo acogedor para pasar la noche. Ésa es la mayor ilusión de un ratonero de cola roja: descubrir una rama de árbol con vista a un prado lleno de ratones, ratas y musarañas correteando entre la hierba. Así es como cazamos... quiero decir... como cazan.

Impulsado por una corriente de aire ascendente, me dirigí hacia los rascacielos del centro de la ciudad. Estas corrientes son como burbujas de aire caliente que se hinchan bajo tus alas y te llevan hacia arriba sin que tengas que realizar el menor esfuerzo.

Tomé la corriente térmica como si fuera un elevador y me remonté a toda velocidad por la pared lateral de uno de los edificios.

Era sábado y la mayoría de las oficinas estaban desiertas. Creo que fue en el piso dieciséis donde vi a aquel tipo mirando por la ventana. Quizá se tratara de un importante hombre de negocios, no lo sé. Lo cierto es que, al percatarse de mi presencia, sonrió y siguió con la mirada mi ascenso hasta que desaparecí de su campo visual. Supe que en aquel momento sentía envidia de mí.

Llevaría recorridos unos setecientos metros,

cuando decidí alejarme del sol y volar hacia la casa de Rachel.

El sol casi se había puesto y la luna se asomaba por el horizonte.

Entonces sentí... no sé cómo describirlo. Estaba arriba, encima de mí. Era algo enorme. ¡Inmenso! Mucho más grande que cualquier avión.

Alcé la vista, pero no había nada.

Y, sin embargo, mi corazón presentía que estaba allí, que venía hacia mí, aunque tal vez se encontrara todavía a varios kilómetros de distancia.

Clavé mis ojos de depredador en el cielo en un intento por concentrarme.

¡Era una onda!

Una onda expansiva, parecida a la que se forma en la superficie inmóvil de un estanque al arrojar una piedra. La tenue luz de las estrellas del atardecer parpadeó a su paso. Los rayos del sol se curvaron y, durante una milésima de segundo, me pareció ver... algo.

Pero no. No. Había desaparecido. No había ni rastro de ella. Era como si nunca hubiera estado allí.

Intenté seguir con la vista aquel agujero que había detectado en el cielo, pero iba demasiado rápido. Procuré identificar su origen y la dirección que seguía. Parecía provenir de las montañas y aumentaba de velocidad gradualmente, pero al llegar a los barrios periféricos de la ciudad aceleró y entonces lo perdí.

Seguí mi camino hacia la casa de Rachel; la vi bajar del autobús a bastantes metros de distancia. Los demás, Jake, Marco y Cassie hacía tiempo que nos esperaban en su habitación. Era de prever.

<Eh, Rachel>, le dije flotando por encima de su cabeza.

Lo único que podía hacer ella era saludarme con la mano. Una vez transformados en humanos, es posible "oír" telepáticamente, pero no comunicarse.

<Te apuesto lo que quieras a que lo primero que nos pregunta Marco es si nos hemos vuelto locos>, le comenté a Rachel.

Ella me guiñó un ojo y luego entró por la puerta principal. Yo lo hice por una ventana abierta. Allí estábamos los cinco, juntos de nuevo: los animorphs.

Los otros tres debían de haber visto el anuncio comercial y no parecían muy contentos.

Marco fue el primero en hablar.

—¿Se han vuelto locos? —exclamó.

CAPÍTULO 3

Marco nos gritoneó durante un buen rato y Jake nos hizo prometer que nunca volveríamos a cometer una estupidez semejante. En cuanto a Cassie, consiguió una vez más que todos fumáramos la pipa de la paz.

—No estamos aquí para rescatar animales —protestó Marco—. Nuestra misión es salvar a la raza humana de la esclavitud a la que quieren condenarla los yeerks.

<Creía que tú no eras muy partidario de salvar al mundo, Marco>, repliqué.

Él me miró con el ceño fruncido, lo cual me deja frustrado, porque yo no puedo ponerle mala cara a nadie.

17

—Tienes razón —contestó Marco—. Pero como todos ustedes están empeñados en llevarme la contraria y, por desgracia, los considero mis amigos, es mi obligación evitar que hagan más tonterías de las necesarias.

Marco es el animorph menos convencido, aunque fue a él a quien se le ocurrió la palabra "animorph". Eso sí, ha estado con nosotros desde el principio, pero piensa que en realidad cada uno debería preocuparse tan sólo de sí mismo y de su familia.

Supongo que Marco y yo nunca seremos grandes amigos. Es el típico sabelotodo seguro de sí mismo que siempre tiene algo sarcástico que decir. Es bajo o, por lo menos, no demasiado alto, pero imagino que las chicas lo encuentran buen mozo porque tiene el cabello largo y castaño y los ojos oscuros.

Jake le sonrió a Marco con aire socarrón.

—Así que tú vas a evitar que perdamos la cabeza, ¿verdad?

—Chicos, si Marco es ahora la voz de nuestra conciencia, las cosas están peor de lo que creía —se burló Rachel.

Todos se echaron a reír.

Jake le dio a Marco un puñetazo afectuoso en el hombro.

—Bueno, da igual, es muy gentil de tu parte

querer librarnos del peligro. Eres un verdadero encanto.

Marco hizo una mueca y agarró uno de los almohadones de Rachel con la intención de lanzárselo a Jake.

A pesar de ser uña y carne, Marco y Jake no pueden ser más distintos. Jake es grandote: no tanto como un jugador de rugby, pero tiene un cuerpo robusto. Existen los líderes natos y Jake es uno de ellos. Si alguna vez alguien se quedara atrapado en un edificio en llamas, seguramente le preguntaría a Jake lo que debe hacer. Y, con toda seguridad, Jake tendría una respuesta.

No es difícil adivinar que Rachel y él son primos. Ambos son firmes y decididos.

—Hay que ponerse en marcha —recordó Cassie—. Tengo que alimentar a los caballos y limpiar las jaulas.

—No pronuncies la palabra "jaula" en presencia de Tobías —recomendó Marco—, o formará un ejército especial, mezcla de grupo guerrillero, comando Ninja y tropas especiales de asalto capitaneado por el ratonero-bala venido del infierno para tomar el centro. Y si es necesario, convencerá a Rachel de que aplaste tu casa como una pizza margarita.

Todos reímos de buena gana porque sabíamos de sobra por qué Cassie tenía jaulas. Sus padres son veterinarios. La madre de Cassie trabaja en Los Jardines, un zoológico inmenso que es a la vez parque de diversiones.

Su padre dirige el Centro de Rehabilitación de la Fauna Salvaje, que en realidad es un antiguo granero situado en la granja familiar. Se trata de un centro para el cuidado de animales salvajes heridos o enfermos.

Las jaulas que Cassie debía limpiar estaban llenas de gorriones con las alas rotas, águilas heridas de bala o gaviotas que habían quedado atrapadas entre la basura.

Cassie es la zoóloga del grupo. Gracias a ella tenemos acceso a animales muy diversos cuya forma adoptamos luego. Es una chica encantadora y el miembro del grupo que mejor realiza las metamorfosis.

Todo el mundo se puso de pie con intención de marcharse.

—¿Vienes, Tobías? —me preguntó Jake.

<No, todavía no. Creo que daré una vuelta por ahí arriba. Hace una noche estupenda.>

—Muy bien —respondió él—. Te dejaré comida en el desván por si llegas tarde a casa. Pero no quiero que la toque ningún animal. ¿Puedes abrir latas?

Me di cuenta de que, cuando Jake mencionó el desván, los demás se pusieron a mirar hacia otro lado. Lo sentían por mí.

<Sí que puedo —contesté—. Pero ten mucho cuidado con Tom... ya sabes.>

Tom es el hermano de Jake. También es uno de ellos. Un controlador.

Todos me dieron las buenas noches. Entonces vi cómo las manos de Jake y Cassie se tocaban de un modo que a primera vista parecía casual. Luego se marcharon todos excepto Rachel y yo.

—No me gusta la idea de que vivas en un desván helado —comentó Rachel.

<Estoy bien>, le respondí yo.

Me pregunté si debía contarle lo que había visto, hablarle de aquella oscuridad dentro de la oscuridad, de aquel agujero en el cielo. Aquello había ocurrido realmente, aunque no supiera a ciencia cierta de qué se trataba.

Pero pensé que eso no haría más que aumentar su preocupación y ya se preocupaba bastante por mí.

<Buenas noches>, le dije.

—Buenas noches. Cuídate mucho, Tobías.

Salí volando por la ventana y me adentré en la noche. Tuve la sensación de que los ojos tristes de Rachel seguían fijos en mí. La verdad es que detestaba que me compadecieran. Sólo veían que yo ya no era el de antes, que no tenía una casa a dónde regresar.

Pero en realidad no entendían nada. Desde la

muerte de mis padres, yo no había vuelto a tener un verdadero hogar. Estaba acostumbrado a la soledad.

Y, además, tenía todo el cielo a mi disposición.

CAPÍTULO 4

Al día siguiente decidí volver al lugar donde había visto —o mejor dicho, donde no había llegado a ver— aquella enorme cosa que había aparecido en el cielo.

Me daba mala espina. Muy mala espina.

Sobrevolé la misma zona y utilicé las corrientes de aire caliente para ascender lo más alto posible.

Los ratoneros no planean tan bien como las águilas u otras aves rapaces. ¡Caramba, tendrían que ver cómo se mueven las auras sobre una de esas corrientes! ¡Es impresionante! Y, por otra parte, el ratonero de cola roja que había en mí también era feliz posado en la rama de un árbol, esperando paciente a que su próxima presa saliera a dar un paseo por los alrededores.

Lo malo era que no me gustaba comer como un ratonero. Prefería los alimentos que me daba Jake. Por eso no cazaba, aunque a veces sintiera una necesidad imperiosa de hacerlo.

Imaginaba a Marco haciendo alguno que otro comentario sarcástico sobre la posibilidad de que llegara a comer ratones o incluso carroña.

Cuando se está dentro del cuerpo de un animal es difícil resistirse a sus instintos. Jake lo descubrió una vez cuando, transformado en lagartija, se vio obligado a zamparse viva una araña antes de poder controlar los impulsos del reptil.

Yo jamás había hecho nada parecido, temía que si cedía aunque sólo fuera una vez, ya nunca más podría resistirme.

Planeé sobre la ciudad, siguiendo el mismo recorrido de la jornada anterior, pero no sucedió nada: en la franja del cielo situada encima de mi cabeza no se produjo la menor alteración.

Entonces se me ocurrió que, fuera lo que fuese aquello, quizá sólo aparecía a determinadas horas del día. Había notado su presencia cuando el sol estaba a punto de ponerse.

Decidí volver a última hora de la tarde, lo que significaba que tenía todo el día por delante. Sin embargo, la idea no me hacía demasiado feliz porque los ratoneros pasan la mayor parte del tiempo cazando para alimentarse.

Antes, cuando era un ser humano, si no estaba en la escuela, me dedicaba a ver la tele, a ir al centro comercial, a hacer los deberes, a leer... cosas que ahora me resultan muy difíciles.

La verdad es que extrañaba la escuela. A pesar de todos los camorreros que no paraban de meterse conmigo, era como si me faltara algo. No sucedía lo mismo con mi casa. Desde que murieron mis padres, no ha habido nadie que me quiera. Mi tío y mi tía me enviaban de un lado al otro del país como si fuera una pelota.

No les importaba lo más mínimo a ninguno de los dos. No creo siquiera que me echen de menos. Jake había ido a ver a mi tío para decirle que me había ido a pasar una temporada con mi tía. Ambos pensaban que estaba en casa del otro.

No sabía cuánto tiempo pasaría antes de que alguno de los dos descubriera que no me encontraba con ninguno.

Supongo que cuando se den cuenta llamarán a la policía y denunciarán mi desaparición. O tal vez ni siquiera se molesten en hacerlo.

A todo esto, ¿a qué podía dedicar el resto del día? Ya llevaba un par de horas dando vueltas por el cielo, planeando por debajo de las nubes. Era hora de abandonar la partida. Probaría nuevamente en otra ocasión.

Eché las alas hacia atrás y ajusté la cola para regresar a casa de Rachel. Quizá todavía estaba dando vueltas por su casa, aburrida.

Entonces ocurrió.

A unos dos kilómetros por encima de mí, esa onda volvió a atravesar el aire. Era como si de pronto se hiciera un vacío y apareciera un agujero donde no podía haberlo.

Sin perder un instante intenté acercarme.

Batí las alas hasta que el dolor en el pecho y en la parte superior de mi cuerpo se hizo insoportable. Pero fuera lo que fuese estaba demasiado alto y se desplazaba a gran velocidad. No tardó en dejarme atrás. Fue como una ráfaga de viento, como si se produjera una ondulación en el cielo. Esta vez, sin embargo, tomó una dirección diferente: se dirigía hacia las montañas.

Entonces cruzó el cielo una bandada de gansos dispuestos en apretada formación de V.

Habría unos doce, todos ellos grandes y decididos. Como es habitual, volaban a un ritmo sorprendente, surcando el aire con prisa. Los gansos siempre dan la sensación de estar cumpliendo una misión. Parecen decir: "apártense de nuestro camino, somos gansos, abran paso".

Los gansos iban directo hacia la turbulencia.

De repente, el ganso líder se dobló como si hubiera sido golpeado por un camión. Sus alas cayeron a los lados, pero no se desplomó.

El ganso herido atravesó el aire. Lo hizo horizontalmente, dando tumbos y vueltas de campana como si efectuara un vuelo rasante por encima de un tren en marcha. La mayor parte de la bandada sufrió una suerte parecida. Uno o dos abandonaron la formación a tiempo, pero, por lo general, los gansos no son muy ágiles.

La onda invisible al atravesar la bandada de pájaros había hecho estragos. Casi todos ellos se habían deslizado dando tumbos sobre una especie de superficie sólida aunque invisible.

Y, cada vez que un ganso chocaba contra esa superficie, arrancaba destellos acerados del metal grisáceo del que estaba compuesta.

La onda acabó de pasar y los gansos cayeron tras su estela, heridos o muertos.

Luego siguió su camino, sin inmutarse ante lo sucedido. ¿Por qué iban a preocuparse los yeerks por un puñado de gansos?

Porque eso es lo que eran: yeerks. No cabía la menor duda.

Lo que había visto, o vislumbrado, era una de sus naves.

CAPÍTULO 5

—La verdad es que no me extraña —dijo Marco pensativo—. Lo raro sería que los yeerks no hubieran inventado algún método de camuflaje. Viene a ser como la tecnología que usan algunos aviones para no ser detectados, sólo que mucho mejor.

Nos encontrábamos en el granero de Cassie. Su padre iba a estar fuera toda la tarde y es uno de los pocos lugares en el que podemos reunirnos sin llamar la atención.

Es un granero antiguo, pero repleto de hileras de jaulas limpias y tubos fluorescentes. Hay diferentes secciones que separan a las aves de los caballos, y a éstos de los mapaches, zarigüeyas y unos cuantos coyotes. Se ven cubos y mangueras por todas partes y el suelo está siempre cubierto de paja. En cada jaula hay un gráfico en el que se describe el estado del animal y el tratamiento que está recibiendo.

Es un sitio bastante ruidoso: siempre hay pájaros que trinan y gorjean, caballos que resoplan y mapaches que arman alboroto con la comida.

Inquieto, eché un vistazo, y descubrí una pareja de lobos, un macho y una hembra. A uno le habían pegado un tiro y el otro había ingerido el veneno que habría puesto para él algún granjero. Los lobos eran nuevos en la zona: los expertos en fauna salvaje habían repoblado el bosque que había en las inmediaciones con algunos ejemplares.

Los ratoneros se ponen algo nerviosos en presencia de los lobos.

—Siempre hemos podido ver las naves yeerk —señaló Rachel—. Vimos la llegada de los cazas-insecto y de la nave-espada.

Estaba apoyada en una jaula habitada por una tórtola herida. El ave me miraba con desconfianza.

—Sí, pero todas esas naves habían aterrizado ya o estaban a punto de hacerlo —repuso Jake—. Puede que el sistema de camuflaje no funcione en esos casos. Pero si lo piensan bien, Marco tiene razón: deben evitar como sea que los localicen nuestros radares. Es posible que incluso hayan descubierto la manera de volverse invisibles.

<Era una nave yeerk>, afirmé rotundamente.

—¿Cómo puedes estar tan seguro? —me preguntó Cassie. Mientras hablaba, no dejaba de trabajar: estaba muy ocupada limpiando una jaula con un cepillo y jabón.

<Porque lo es —contesté con tozudez—. Tuve un presentimiento. Además, era enorme. Mucho más grande que cualquier avión. Como un barco, ¿entiendes? Parecía un transatlántico.>

—La cuestión es ésta: ¿qué vamos a hacer? —dijo Jake.

Estaba claro que él ya lo había decidido. Sin embargo, a Jake no le gusta hacerse el jefe, aunque para mí lo es. Siempre deja que los demás den primero su opinión.

<Creo que lo mejor sería averiguar primero qué está haciendo aquí —propuse yo—. La primera vez que la vi, hubiera jurado que se alejaba de las montañas, mientras que la segunda tuve la sensación de que hacía justo lo contrario. Volaba demasiado bajo para pasar por encima de las montañas, por eso creo que allí tiene su centro de operaciones.>

Rachel asintió.

—Tiene sentido.

Marco puso los ojos en blanco.

—¿Las montañas? ¿Quién de ustedes, ratas de ciudad, ha estado alguna vez en las montañas? Estamos hablando de una zona muy extensa. No importa el tamaño de esa nave: podría esconderse en mil lugares diferentes.

—Entonces lo mejor será ponerse manos a la obra —dijo Rachel vivazmente.

Jake miró a Cassie.

—¿Tú que opinas, Cassie?

Ella se encogió de hombros.

—En parte creo que ya hemos hecho todo lo que estaba en nuestras manos. Atacamos el estanque yeerk y por poco nos cuesta la vida. Nos infiltramos en la casa de Chapman y capturaron a Rachel. De nuevo estuvimos a punto de no vivir para contarlo. Creo que la pregunta que deberíamos hacernos es: ¿a qué nuevos peligros tendremos que enfrentarnos en el futuro? ¿Cuántas veces más estamos dispuestos a arriesgar nuestras vidas?

Marco no podía creerlo. Por un momento pareció que Cassie se había pasado a su bando.

—¡Exacto! ¡De eso se trata precisamente! Es lo vengo diciendo todo el tiempo. ¿Por qué siempre nos toca a nosotros arriesgar el pellejo?

Pero entonces Cassie lo volvió a dejar solo.

—Bueno, lo que yo quiero decir es que no puedo quedarme de brazos cruzados mientras los yeerks sigan esclavizando a la gente —comentó—. Quizá sea yo... —Se encogió de hombros—. La cuestión es que tengo este poder y pienso utilizarlo. No voy a quedarme al margen.

—Mira, no conocemos a esas personas —argumentó Marco—. No son familiares ni amigos. —Miró a Jake afligido—. Y ya hemos hecho todo lo que podíamos por Tom. ¿Por qué tenemos que jugárnosla por unos desconocidos? La suerte se acabará algún día. ¿Es que no lo entienden? Tarde o temprano meteremos la pata. Tarde o temprano nos reuniremos aquí para llorar a Jake, Rachel, Cassie o Tobías.

—¿Sabes una cosa, Marco? —estalló Rachel—. Que ya estoy harta de intentar convencerte de que te comprometas con todo esto. ¿Quieres dejarlo? Pues muy bien, déjalo de una vez.

—Eh, oye, oye. Tú no estás haciendo todo esto para salvar a la raza humana —le gritó Marco—. Lo que pasa es que te encanta el riesgo. Por eso fuiste con Tobías a liberar a aquel pájaro. No se trataba de salvar al mundo, sino a un estúpido animal.

Marco se dio cuenta de que había ido demasiado lejos y se calló. Los demás se volvieron hacia mí con expresión culpable mientras Rachel le dirigía una mirada asesina a Marco.

<En este mismo momento —repuse yo—, sólo hay alguien que tiene derecho a sentirse herido, y ése soy yo. Sin embargo, no voy a tirar la toalla. Yo no soy quién para dar órdenes, pero mañana por la mañana voy a ir a esas montañas. Lo que hagan ustedes es asunto suyo.>

—Yo te acompaño —dijo Rachel de inmediato.

Cassie asintió.

Jake sonrió con ironía.

—Aunque no sea una orden, yo también pienso ir contigo.

Marco sacudió la cabeza: —No —dijo.

—Como tú quieras —replicó Rachel.

—No me has entendido —contestó Marco enfadado—. Lo que quería decir es que por la mañana no. Mañana hay clase: si todos faltamos a la vez y hay problemas con los yeerks, ¿no creen que Chapman va a atar cabos?

Jake enarcó una ceja.

—Marco tiene razón. Será mejor dejarlo para después de clase.

Luego miró a los demás y asintió.

Me molestaba reconocer que Marco tenía razón. Sin embargo, la tenía. A veces es peor que un dolor de muelas, pero no hay duda de que es un tipo muy listo.

Me sentía inquieto. No podía dejar de preguntarme si no tendría también razón en todo lo demás. ¿Cuántos riesgos podríamos afrontar antes de salir derrotados? ¿Cuánto tardaría nuestro grupo de cinco miembros en quedar reducido a uno de cuatro? ¿O de dos?

¿O de ninguno?

CAPÍTULO 6

Entre las posibles metamorfosis que Jake podía realizar estaba la del halcón peregrino, que ya había puesto en práctica en alguna ocasión. Marco y Cassie se habían transformado en águilas pescadoras, y Rachel ya había sido antes un águila de cabeza blanca. Así que, en teoría, no existía ningún problema para llegar volando hasta las montañas.

Sin embargo, en este país hay miles de personas que se dedican a observar a las aves. Son gente fantástica que jamás les harían daño. Nunca cazan, sólo disfrutan mirando cómo vuelan o reposan en sus nidos.

Cualquier ornitólogo aficionado que viera volar juntos a un ratonero de cola roja, un águila de cabeza blanca, un ratonero peregrino y dos águilas pescadoras, lo encontraría muy, pero muy extraño.

Lo malo era que algunos de aquellos simpáticos observadores podían ser en realidad controladores no tan simpáticos.

—¡Amantes de las aves! —resopló Marco mientras avanzaba por la alfombra de pinaza hacia el interior del bosque—. Podríamos ir volando pero no, tenemos que caminar treinta kilómetros, por lo menos.

En la granja de Cassie hay numerosas praderas que lindan con un bosque protegido interminable. Se extiende desde las afueras de la ciudad hasta las montañas y en él abundan los pinos, los robles, los olmos y los abedules: miles de kilómetros cuadrados de bosque silvestre.

—Vamos, Marco —le regañó Cassie en tono cariñoso—. Es una excelente oportunidad para poner en práctica una nueva metamorfosis.

—Claro que sí —prosiguió Jake—. En vez de estar en casa haciendo los deberes de matemáticas, te convertirás en un lobo. No irás a decirme ahora que prefieres las ecuaciones.

—Vamos a ver —dijo Marco, pensativo—. ¿Qué elijo? ¿Los problemas de matemáticas o salir transformado en lobo para cazar alienígenas? Tal vez debería preguntárselo al tutor de la escuela. Es un dilema tan frecuente que no le costaría nada darme un buen consejo.

Puesto que no era recomendable que todos hiciéramos el viaje a las montañas convertidos en aves, el resto del grupo debía encontrar un animal que les permitiese atravesar el bosque con rapidez. Y como había dos lobos heridos en el granero de Cassie...

Jake se detuvo, miró alrededor y anunció:

—Éste es un buen lugar.

Ya llevábamos recorrido casi un kilómetro. Yo me posé en la rama de un roble gigantesco para descansar. El depredador que había en mí se percató de que en la parte superior del árbol había una ardilla, que no tardó en empezar a chillar y alborotar para advertir a los demás animales: "¡Peligro, peligro! ¡Ratonero, ratonero!".

Me quedé mirándola y ella se estremeció.

Luego agarró la bellota que tenía entre las garras, se la guardó en la mejilla y echó a correr como alma que lleva el diablo.

—Lo que no entiendo es por qué me toca a mí ser la loba —refunfuñó Marco.

—Bueno, ya sabes que había un macho y una hembra —le explicó Cassie por enésima vez—. Si los dos se convierten en lobos macho, a lo mejor les da por pelearse para decidir cuál de los dos es el que manda.

—Soy capaz de controlarme —le respondió Marco.

—Marco, tú y Jake pertenecen a la especie humana y se la pasan todo el tiempo peleándose para ver quién se sale con la suya. No quiero ni imaginarme lo que ocurriría si fueran lobos —señaló Rachel.

—Tiene toda la razón —reconoció Cassie con tristeza—. Me temo que ese comportamiento masculino tan primitivo acabaría por ser un obstáculo.

—¡Eh, un momento! Cuando me transformé en gorila, no fue para mí ningún esfuerzo mantener su cerebro bajo control, ¿recuerdan? —preguntó Marco.

—Por supuesto, Marco —le contestó Rachel con una caída de ojos—. Pero aquello era distinto. Te olvidas lo mucho que te pareces a un gorila.

Cassie y Rachel chocaron las manos con disimulo.

—Muy graciosas —protestó Marco.

—Nos lo jugamos a cara o cruz —le recordó Jake—. A mí me tocó el lobo y a ti la loba. Así que deja de protestar.

—Me gustaría ver esa moneda otra vez —contestó Marco con recelo.

Jake se limitó a sonreír.

—Vamos a hacer una cosa. Cassie, ¿por qué no te transformas tú primero y así vemos cómo es?

La experiencia nos había enseñado a todos que la metamorfosis podía ser un proceso realmente molesto. Jake se había convertido en lagartija y el cerebro asustadizo del animal casi se apodera de él. Y lo mismo le ocurrió a Rachel cuando se transformó en musaraña. Aún tenía pesadillas en las que revivía el terror del animal y, lo que es peor, su deseo acuciante de comer insectos y carne en estado de descomposición.

Luego estaba lo de la pulga de Jake. Según él, había sido una completa pérdida de tiempo: como estar atrapado en uno de esos videojuegos antiguos y en mal estado en los que apenas se ve nada. Lo único bueno fue que el cerebro de la pulga, al ser tan simple, no le había creado el menor problema.

—Muy bien, en seguida les digo. —Cassie cerró los ojos y se concentró. Al cabo de un minuto volvió a abrirlos—. Esperen un momento. Dejen que me ponga el uniforme de las metamorfosis. No quiero enredarme con mi propia ropa cuando regrese.

Se quitó todo lo que llevaba puesto a excepción de un maillot. Acto seguido, se deshizo de los zapatos y se quedó descalza sobre el tapiz de pinaza.

Lo primero que cambió fue su cabello. En pocos segundos pasó de ser negro y corto a convertirse en una estola plateada que se extendió por el cuello y los hombros.

Luego le salió la nariz.

Sentí un escalofrío. Nunca te acostumbras del todo a presenciar una transformación. Es una auténtica pesadilla. Sin embargo, Cassie parece poseer un talento particular para llevarlas a cabo. Sus metamorfosis jamás son tan desagradables como las del resto. Supongo que se debe a que siempre está en contacto con animales. Quizás haya desarrollado un don especial para tratar con ellos.

Sin embargo, no fue demasiado agradable ver cómo le brotaba el hocico.

Las orejas se le llenaron de pelo y se estiraron rematadas en punta. Luego empezaron a desplazarse hasta ocupar por fin el lugar que les correspondía en la parte superior de la cabeza. Eran unas orejas pequeñas y separadas.

El marrón oscuro de los ojos de Cassie pasó a castaño dorado.

Por todo el cuerpo, el pelo reemplazó los brillantes tonos rosas y verdes del maillot. De repente le surgió una cola por detrás.

Oí cómo le crujían los huesos al formar un esqueleto diferente. Las extremidades superiores se acortaron mientras las inferiores aumentaban de tamaño. Los dedos disminuyeron hasta desaparecer y dejaron tras de sí unas uñas romas y negras.

Las articulaciones de las rodillas hicieron un ruido terrible al cambiar de dirección. Las piernas encogieron y adelgazaron al tiempo que se cubrían totalmente de pelo.

De pronto cayó hacia delante, incapaz de mantener el equilibrio.

Un par de minutos habían bastado para completar el proceso.

Cassie se había transformado en un lobo.

—¿Qué tal? —preguntó Jake.

Cassie giró como un rayo al oír aquella voz y se encaró con Jake, le enseñó los dientes y gruñó de un modo que hubiera hecho retroceder incluso a un taxxonita.

La verdad es que aquellos dientes inspiraban respeto.

—Chicos, será mejor que no nos movamos —sugirió Jake.

—Buena idea —dijo Marco—. Quédense muy, muy quietos porque esos dientes son muy, muy grandes.

Nos quedamos completamente inmóviles. Ya habíamos pasado por trances similares y sabíamos lo que ocurría: en el interior de aquella cabeza, Cassie luchaba por dominar los instintos salvajes del animal.

<Lo siento —dijo por fin telepáticamente—. Por fin lo tengo bajo control.>

—¿Estás segura? —le preguntó Rachel recelosa.

<Sí. Todo va bien. Estoy bien. De hecho... ¡estoy de maravilla! Qué oído. ¡Oh! Y cuántos olores. Diablos, es increíble. Nunca me había convertido en un animal con un olfato tan fino.>

—Vaya, pues menos mal que me he puesto desodorante esta mañana —bromeó Marco.

<¿Quién ha comido tocino en el desayuno? —Cassie movió su cabeza lobuna de un lado a otro—. ¿Rachel? ¿Has comido tocino? ¿No te habías hecho vegetariana?>

Marco se echó a reír al ver la expresión culpable de Rachel.

—Qué vergüenza. La supernariz de Cassie te ha desenmascarado.

—Será mejor que nos espabilemos —advirtió Jake—. Sólo tenemos dos horas y el reloj ya ha empezado a correr. Tic-tac, tic-tac.

Todos me miraron de reojo.

Mi ejemplo siempre resulta útil para recordar lo que sucede cuando uno permanece transformado más tiempo del debido.

CAPÍTULO 7

Sentía envidia.

De acuerdo, reconozco que si uno tiene que quedarse en el cuerpo de un animal para siempre, lo mejor es ser ratonero.

Pero, a pesar de todo, los envidiaba. Mis amigos lo estaban pasando en grande siendo lobos. Supongo que para ellos resultaba una experiencia única.

Me puse a sobrevolar el bosque. Mientras rozaba las copas de los árboles con las alas, los veía correr allá abajo. Iban tan deprisa que a veces me costaba seguirlos. Nunca se paraban. Nunca necesitaban reposo. Sin bajar de los treinta kilómetros por hora, conseguían sortear los árboles que encontraban en el camino, deslizarse bajo los troncos caídos y abrirse paso entre la maleza. Nada los detenía.

Bueno, para ser exactos había dos cosas que obligaban al grupo a disminuir la marcha.

Una era Jake. Se había convertido en el macho dominante de la manada, lo que los especialistas denominan un "alfa", y tenía un cometido muy especial.

<Jake, ¿cuántas veces más piensas hacer pis?>, le preguntó Rachel, después de que él hubiera hecho un alto en el camino por quinta vez consecutiva.

<Pues... no lo sé. Siento la necesidad urgente de hacerlo muchas veces>, admitió él.

<¿Por qué? ¿Es que te has hartado de refrescos antes de salir de casa?>

<No sé lo que me pasa —confesó él—. No puedo aguantarme.>

<Estás dejando un rastro con tu olor —explicó Cassie—. Lo haces para marcar tu territorio.>

<¿Ah, sí?>

<Sí. Es el comportamiento normal de un macho dominante. Al menos, eso es lo que dice el libro que estoy leyendo ahora. Aunque la verdad es que encuentro un poco ordinario que lo hagas delante de todo el mundo.>

La segunda fueron los aullidos. Jake fue el primero. De pronto se detuvo y se puso a aullar de una manera que sorprendió a todo el mundo, empezando por él mismo.

—AUUUUUU, AUUUUUU, AUUUUUU.

<¿Qué diablos...?>, empezó a protestar Marco pero, de repente, empezó a imitarle:

—¡AUUUUUU, AUUU-AUUUU-AUUUUUU!

Cassie y Rachel, que los seguían a escasa distancia, se sumaron al coro.

Yo los oía a la perfección, así que decidí dar la vuelta para ver lo que pasaba.

<¿Se puede saber qué están haciendo? —pregunté—. Tenemos prisa y ustedes no deben permanecer en ese cuerpo más de dos horas. ¿Por qué pierden el tiempo aullando?>

<No lo sé —contestó Jake avergonzado—. De pronto me pareció una buena idea.>

<En cuanto Jake empezó, me entraron unas ganas locas de unirme a él>, confesó Rachel.

<Creo que los aullidos sirven para advertir de nuestra presencia a los demás lobos. De ese modo evitamos toparnos con otras manadas y enzarzarnos con ellos en una posible pelea.>

Aquella explicación nos pareció a todos perfectamente lógica y razonable, hasta que descubrimos a la propia Cassie con la cabeza echada hacia atrás, el hocico puntiagudo señalando a lo alto, y desafinando como una loca.

Con un batir de alas, me alejé de los árboles. A mis espaldas, los barrios periféricos de la ciudad quedaban ya muy lejos. En el espacio de una hora habíamos recorrido una distancia considerable. Faltaba poco para que llegara la hora del día en que había divisado por segunda vez la nave invisible. En aquella ocasión se dirigía hacia las montañas.

Volví a descender a los árboles.

<Sigan adelante, chicos. Yo voy a echar un vistazo por ahí arriba.>

<Ten mucho cuidado>, me advirtió Rachel.

Me incliné a la izquierda para sortear un árbol y me dirigí de nuevo hacia el sol batiendo con fuerza las alas. Fue un vuelo intenso y agotador que me obligó a consumir mucha energía. Sin embargo, el ejercicio me sirvió de distracción. Cuesta más compadecerse de uno mismo cuando lo estás pasando bien.

Después de un rato, encontré una corriente de aire cálido y comencé a ganar altura sin esfuerzo. Aún podía distinguir la pequeña manada de lobos serpenteando entre los árboles, con movimientos seguros y rápidos, como si se tratara de un solo animal.

Traté de imaginar qué se sentiría al ser uno de ellos, un lobo, y tener aquel asombroso sentido del oído y del olfato, aquella absoluta confianza en uno mismo, unos dientes diseñados para clavarse y desgarrar. Y, sobre todo, su incomparable inteligencia.

Decidí preguntárselo luego a Jake o a Rachel.

"Aprovecha la ocasión para preguntarles qué se siente al ser humano. Quizá también sepan explicártelo", pensé con amargura.

"Basta ya, Tobías —me ordené a mí mismo—. Déjalo ya."

Comprendí que si empezaba a compadecerme de mí mismo, ya nunca podría dejar de hacerlo.

En ningún momento había perdido de vista la franja de cielo que se extendía por encima de mí, pero posiblemente era todavía demasiado temprano para que la nave apareciera. Aunque tampoco había razón para pensar que respetara siempre el mismo horario.

Entonces vi abajo algo que me llamó la atención: un largo convoy formado por jeeps y camiones avanzaba por una estrecha carretera llena de curvas y polvo. En total serían unos cinco vehículos. Todos llevaban el distintivo de los servicios forestales del parque y parecían tener mucha prisa.

Se dirigían al lago situado un poco más arriba. Al llegar a la orilla, se salieron de la carretera. Para mi sorpresa, decenas de hombres uniformados saltaron de los camiones y, tras desplegarse en forma de abanico, empezaron a adentrarse en el bosque.

Todos iban armados, pero no con rifles o pistolas, sino con armas automáticas.

De repente, algo se agitó en el cielo. ¡Qué diablos...!

A mi izquierda divisé un par de helicópteros que pasaron rozando las copas de los árboles a toda velocidad y comenzaron a sobrevolar el lago. También llevaban el distintivo de los servicios forestales.

"Aquí hay algo que no encaja —pensé para mí—. Esos tipos no se comportan como guardas forestales, recuerdan más bien a un ejército profesional."

Ante mis propios ojos, media docena de hombres rodearon una pequeña mancha de color amarillo que resultó ser una tienda de campaña.

Dos personas con aspecto de estudiantes universitarios cocinaban sobre una fogata que habían hecho delante de la tienda.

Vi su expresión de terror y estupor cuando se percataron de que estaban siendo rodeados por seis hombres armados.

Condujeron a los dos campistas al camión más cercano y los alejaron de allí a toda prisa.

No sé qué historia les contaron. Probablemente, que un fugitivo peligroso andaba suelto por allí o que se había declarado algún incendio. No lo sé. El caso es que se los habían llevado antes de que tuvieran siquiera tiempo de pensar.

Después de sobrevolar el lago, los dos helicópteros se posaron al mismo tiempo sobre un pequeño claro en la margen más alejada del lago.

Todo esto ocurría a más de un kilómetro y medio de donde yo me encontraba. En la tenue luz del atardecer, aquélla era una distancia demasiado grande incluso para mis ojos de ratonero. A pesar de ello, alcancé a ver a los ocupantes de los helicópteros.

Uno tras otro bajaron de allí dando saltos. Medían más de dos metros de alto y eran las criaturas de aspecto más terrorífico que se pueden imaginar. De sus cabezas de serpiente brotaban unas cuchillas de casi medio metro de largo, que también les crecían en otras partes del cuerpo, como los codos, las muñecas y las rodillas. Sus pies recordaban a los de un *Tyrannosaurus rex*.

Formaban las tropas de choque de los yeerks. Eran los guerreros hork-bajir.

CAPÍTULO 8

<¡Hork-bajir!>

Los había visto por primera vez en el terreno abandonado, cuando yo todavía era humano. Fue mientras Visser Tres humillaba al andalita caído. Los cinco nos habíamos ocultado detrás de un muro bajo. Entonces, un hork-bajir se había situado a menos de un metro de nosotros.

El andalita nos explicó que hubo un tiempo en el que los hork-bajir fueron sus aliados y que, a pesar de su aspecto amenazador, se trataba de una raza muy amable.

Sin embargo, los hork-bajir se habían convertido en controladores. Ahora todos llevan un gusano yeerk en la cabeza y ya no son tan amables.

Di la vuelta a toda prisa. Tenía que avisar a los demás. Pasé por encima de un grupo de guardas forestales y descendí lo suficiente para poder ver la hora en el reloj de uno de los hombres. Hacía ya más de una hora que mis amigos se habían transformado.

Fantástico. Parecía como si los hork-bajir hubieran esperado a que fuéramos apurados de tiempo para entrar en escena.

No tardé en divisar la manada de lobos, que continuaba trotando de modo resuelto y sin descanso. Sólo se detuvieron para que Jake volviera a orinar.

Me lancé en picado hacia ellos y permanecí suspendido sobre sus cabezas.

Fue una aparición tan repentina que los lobos comenzaron a gruñir mientras salían huyendo despavoridos. Jake me enseñó los colmillos.

Me posé sobre un tronco caído con intención de descansar.

En ese mismo momento, el resto de la manada se acercó a mí dispuesta en forma de abanico y, como si obedeciera una orden, me rodeó. Aquél era el comportamiento típico de una manada de lobos ante una posible presa. A su manera, me recordaban a los hork-bajir.

<Eh, tranquilos, que soy yo.>

No hubo respuesta. Jake emitió un gruñido que en realidad era una orden para otro lobo.

Un momento. ¿Había dicho cinco?

¿Eran cinco lobos?

Jake, que en realidad no lo era, se abalanzó sobre mí.

¡Oh, no!

No es normal que los lobos ataquen a un ser humano, pero no dudarían en zamparse un ave si tuvieran bastante hambre. Y si hay algo a lo que nadie quisiera enfrentarse es a un lobo hambriento de mirada feroz y pelaje erizado que te enseña sus largos colmillos amarillentos mientras se dirige hacia ti.

Me puse a batir las alas con furia. El enorme macho pasó por mi lado como una flecha y apenas si me rozó. ¡Pero los otros seguían rodeándome!

Volví a agitar las alas con todas mis fuerzas y me elevé en el aire, pero sólo unos cuantos centímetros. Volaba casi a ras de aquella alfombra de pinos sin dejar de aletear frenético, y notando en la cola el aliento de aquellos cinco lobos dispuestos a devorarme.

De pronto, sentí una brisa en el rostro. No era muy fuerte pero tampoco necesitaba más.

¡Estaba ganando altura! Estaba otra vez arriba y había logrado escapar de allí. Oí aullar de rabia a los lobos y vi cómo hacían entrechocar sus poderosas mandíbulas presas de la frustración.

Al cabo de diez minutos encontré otra manada de lobos. Esta vez sí los conté: eran cuatro.

A pesar de todo, no las tenía todas conmigo.

<¿Son ustedes, chicos?>

<¿Quiénes íbamos a ser, si no?>, respondió Marco.

<No es momento de preguntas —dije yo—. Tenemos problemas.>

Me dirigí a una rama baja y dejé reposar las alas. Aún no me había repuesto de mi encuentro con los lobos de verdad.

<Un poco más adelante hay un lago. Está lleno de falsos guardas forestales.>

<Sí, ya había percibido un cierto olor a agua y a ser humano>, comentó Cassie.

<¿Y cómo sabes que no son auténticos guardas forestales?>, inquirió Jake.

<Porque un guarda forestal no va armado —contesté yo—. Y además no se pasea por ahí en compañía de un hork-bajir.>

<¿Hork-bajir? —musitó Cassie temblorosa—. ¿Estás seguro?>

<Totalmente. La verdad es que resultan inconfundibles. Los guardas forestales están despejando la zona que rodea el lago. A unos chicos que estaban acampados los han obligado a desalojar a punta de pistola.>

<Hork-bajir —murmuró Marco con asco—. No puedo ver a esos tipos.>

<Ese lago que dices, ¿está en la misma dirección en la que se movía tu nave invisible?>, preguntó Rachel.

<Justo en línea recta —respondí yo—. No sé qué era esa nave, pero te apuesto lo que quieras a que se dirigía hacia el lago.>

<Y por lo que nos has contado de esos guardas controladores y de los hork-bajir parece que va otra vez hacia allí>, añadió Marco, pensativo.

<Si me permiten —repuse—, les diré que me dio la impresión de que no era la primera vez que esos tipos actuaban así. ¿Entienden lo que quiero decir? Yo diría que para ellos aquello era pura rutina. Dominaban la situación.>

<Nos queda poco tiempo —comentó Jake—, pero sería una pena desaprovechar la oportunidad de averiguar qué es lo que está pasando.>

<Yo voto por que vayamos>, declaró Rachel.

<Tú siempre votas por lo mismo —refunfuñó Marco—. El día que votes otra cosa me harás la persona más feliz del mundo.>

<Les quedan todavía unos cuarenta minutos, aproximadamente —les advertí—, y el lago está a unos cinco minutos de aquí.>

<De acuerdo. Pero habrá que ir y volver en seguida —les recordó Jake—. El tiempo justo para ver qué se proponen.>

Se pusieron en camino con Jake a la cabeza.

<No lo olviden: deben comportarse como lobos.>

<Eso es. De modo que si alguien ve a los Tres Cerditos, que se ponga a soplar y soplar hasta la casita derribar>, bromeó Marco. Volví a alzar el vuelo, pero esta vez no me alejé demasiado.

<Veo un escuadrón de guardas forestales delante de ustedes>, les informé.

<Sí, yo puedo olerlos —contestó Rachel—. Además de oírlos a la perfección.>

<Escuchen, una manada de lobos haría lo imposible por evitar a los humanos —explicó Cassie—. Así que si intentamos escabullirnos a nadie le extrañará.>

Procurando hacer el menor ruido posible, trazaron un círculo para esquivar a los falsos guardas forestales. Sin embargo, me di cuenta de que los guardas los habían visto. Al principio, cundió la alarma, pero luego se relajaron al descubrir que sólo se trataba de una manada de lobos que iban a lo suyo.

Opté por subir un poco más. Por desgracia, allí no había corrientes de aire apropiadas y tuve que ganar altura batiendo las alas. Me encontraba a poco más de un kilómetro del suelo, con la vista fija en mis amigos y el lago, cuando noté de nuevo su presencia.

Alcé los ojos.

La onda invisible, aquella pequeña irregularidad en el firmamento, volvía a hacer acto de presencia. Se hallaba justo encima de mí y se movía despacio, mucho más despacio que en las ocasiones anteriores.

Y, de pronto, ante mis propios ojos, dejó de ser invisible.

CAPÍTULO 9

<¡Miren con disimulo lo que hay sobre sus cabezas>, les dije desde arriba a los demás.

<¡Dios mío!>, exclamó Rachel ahogando un grito.

<¡Es... enorme!>, dijo Cassie.

No había duda de qué se trataba. Aunque la palabra "enorme" se quedaba corta a la hora de describir su tamaño.

¿Han visto alguna vez la fotografía de un petrolero o un portaaviones? Cuando digo "enorme" me refiero a algo así; pero, al lado de aquello, hasta el avión más grande jamás construido parecería de juguete.

Su aspecto recordaba al de un pez manta. La zona central sobresalía del resto de la nave y a ambos lados de la misma destacaban unas alas curvadas hacia abajo. Encima de cada ala había unos agujeros inmensos, similares a las entradas de aire de un caza, sólo que mucho más grandes. Para que se hagan una idea les diré que cada uno de ellos podría tragarse una flota entera de autobuses.

Las únicas ventanas que se veían estaban situadas en la pequeña protuberancia de la parte superior del vehículo, que identifiqué como el puente de mando. Si lo mirabas fijamente durante un rato, incluso se podían distinguir las figuras borrosas de los taxxonitas moviéndose en su interior.

Pero lo más impactante de la nave era su tamaño. Era tan enorme que cuando se ponía delante del sol, producía el mismo efecto que un eclipse.

De pronto, un par de cazas-insecto salieron de la parte posterior de la nave y pasaron como flechas ante mi vista. No era la primera vez que los veíamos: para ser naves espaciales, resultaban bastante pequeñas. No cabrían en un garaje, pero no les sería difícil aterrizar en el jardín de cualquier casa. Parecían cucarachas de metal con un arpón dentado, largo y puntiagudo a cada lado del cuerpo.

<Aquí arriba tengo un par de cazas-insecto>, les comenté a los demás.

<¿Y a quién le importan ahora los cazas-insecto? —preguntó Marco—. ¡No son nada comparados con esa... esa ballena!>

<Creo que esos cazas están sobrevolando el lago para evitar imprevistos.>

<Entonces procura no parecer un imprevisto>, me aconsejó Jake con sequedad.

Intenté por todos los medios comportarme como un ratonero inofensivo y hacer lo que haría cualquier ratonero, pero lo cierto es que la presencia de aquella nave principal me intimidaba.

Costaba trabajo creer que una cosa tan grande fuera capaz de flotar en el aire.

De repente, uno de los cazas cruzó por mi lado. Volaba lento y bajo, lo que me permitió ver a la tripulación, que resultó ser la habitual en estos casos, es decir: un hork-bajir y un taxxonita.

De entre todos los tipos de controladores, los taxxonitas ocupan el segundo lugar en número. Imaginen un ciempiés muy grande, bien, ahora imagínense uno aún mayor, el doble de grande que un hombre, tan ancho que les resultaría imposible rodear su cuerpo con los brazos. Aunque dudo mucho que haya alguien a quien le agrade dar un abrazo a un algo así. Los taxxonitas son unas criaturas realmente repugnantes. A diferencia de los hork-bajir, que fueron esclavizados en contra de su voluntad, los taxxonitas aceptaron entregar sus mentes a los parásitos yeerk y convertirse en sus aliados. No sé por qué lo hicieron y creo que tampoco quiero saberlo.

El caza siguió su camino sin mostrar el menor interés por mí. La enorme nave principal comenzó a descender muy despacio en dirección al lago.

<¿Han visto eso, chicos? Parece que va a aterrrizar en el lago.>

<¿Que si lo hemos visto? Qué va. No nos habíamos dado ni cuenta de que había una nave del tamaño de Alaska flotando en el aire.>

Por supuesto, era Marco el que había dicho eso.

<Es increíble —dijo Rachel—. Increíble.>

<No quiero ser pesimista —empezó Marco—, pero cuando miro esa cosa y calculo nuestras posibilidades tengo un mal presentimiento. ¡Cuatro sabuesos y un pajarraco contra una nave del tamaño de Canadá!>

<Hace un minuto era del tamaño de Alaska>, señaló Cassie con suavidad.

<Me gustaría saber qué está haciendo aquí>, dijo Jake.

Acababan de llegar a la orilla del lago y rondaban por allí como haría cualquier manada. Lo malo era que constantemente alzaban los ojos al cielo para observar la enorme nave y me preocupaba que algún controlador, humano o hork-bajir, se percatara de que le estaban prestando demasiada atención.

<Eh, chicos, cuidado con lo que hacen. Los yeerks sospecharán de cualquier animal que actúe de un modo poco habitual —les advertí—. No olviden que andan a la caza de unos andalitas que tienen la capacidad de transformarse.>

<Tiene razón —admitió Marco—. Jake, vuelve a hacer pis.>

<Muy gracioso>, respondió Jake.

Entonces salió un tubo del vientre de la nave y se introdujo en el agua. La operación se repitió con un segundo tubo y momentos después con un tercero.

<Son como las pajitas de los refrescos —afirmó Cassie—. ¡Están bebiendo con ellas!>

Se oía a la perfección el ruido que hacían al sorber el líquido. A través de aquellos tubos estaban introduciendo en la nave miles, quizá millones, de litros de agua.

<Por eso es tan grande —dedujo Marco y se echó a reír—. Vaya, vaya, vaya. ¿Saben una cosa? Creo que acabamos de descubrir uno de los puntos flacos de los yeerks.>

<¿Un punto flaco, dices? —preguntó Rachel—. ¿Cómo puedes hablar de puntos flacos con esa nave delante de tus narices?>

Yo sí entendí lo que Marco quería decir.

<Marco se refiere a algo concreto que necesitan para vivir>, expliqué.

<Exacto —respondió él—. Yo diría que esos enormes agujeros de los lados son para el aire. Por eso recorren la atmósfera de un extremo a otro: para cargar oxígeno. Y ahora están absorbiendo agua.>

<¡Es un camión! —exclamó Cassie—. ¡Esa nave gigantesca no es más que un camión!>

<Sí —contesté yo—. Su misión es llevar aire y agua a la nave nodriza, en órbita alrededor de la Tierra. Utilizan nuestro planeta para abastecerse.>

<Entonces no es como en Star Trek, donde fabricaban agua y aire en la misma nave —reflexionó Marco—. Mientras sigan en órbita, los yeerks necesitarán el planeta para proveerse de aire y agua. Bueno. Es el primer rayo de esperanza que hemos visto hasta ahora.>

<Apenas nos queda tiempo —les recordó Cassie—. Es hora de irnos.>

<De acuerdo, pero que nadie se ponga nervioso —aconsejó Jake—. Nos alejaremos con naturalidad, como si nos dispusiéramos a cazar un alce o cualquier otro animal que coman los lobos.>

Abandonaron la orilla del lago mientras yo permanecía en el mismo lugar. El paso del tiempo me es completamente indiferente.

La nave yeerk había creado una corriente de aire cálido que aproveché para elevarme extendiendo las alas todo lo que pude. Los cazas-insecto continuaban volando muy despacio y a poca distancia de la superficie del lago, mientras las patrullas de falsos guardas forestales y hork-bajir recorrían incansables la orilla.

Fue entonces cuando la vi.

Ya sé que a los ojos de un humano, todos los ratoneros son iguales, pero yo la reconocí de inmediato, se trataba del ave que había rescatado de la tienda de autos usados.

Ella también se había dejado llevar por el flujo de aire ascendente y se encontraba a unos cien metros por encima de mí. Sin pararme a pensar en lo que hacía, ajusté la inclinación de mis alas y remonté el vuelo hacia donde estaba.

Ella me vio, de eso estoy seguro. Los ratoneros se dan cuenta de casi todo lo que pasa a su alrededor. Por eso supo que me dirigía hacia ella y decidió esperarme.

No es que nos hubiéramos hecho amigos, puesto que un ratonero no conoce el significado de la "amistad". Tampoco sentía la menor gratitud hacia mí por haberla liberado. Los ratoneros no experimentan ese tipo de emociones. En realidad, es casi seguro que su mente no hubiese establecido ninguna relación entre mi presencia y su libertad.

A pesar de todo, fui hacia ella. Aún no sé por qué y sigo sin saberlo. Todo lo que teníamos en común era nuestro aspecto exterior: tener alas, garras y plumas.

De repente sentí miedo. Miedo de ella, lo cual, bien mirado, no dejaba de ser una tontería, porque debajo de mí, tenía una nave espacial más grande que un centro comercial.

Y sin embargo era el ratonero lo que me aterrorizaba.

O tal vez no fuera el animal en sí, sino mi sensación al surcar el cielo para encontrarme con ella.

Era un sentimiento de identificación, de vuelta al hogar, de que le pertenecía.

Cuando me di cuenta de lo que estaba pasando, me invadió una oleada de asco y horror.

No. ¡NO!

Yo era Tobías. Una persona. ¡Un ser humano, no un ave! Y entonces me alejé de ella bruscamente.

Yo era una persona. Un chico llamado Tobías con el cabello castaño y siempre revuelto, que tenía amigos y sentimientos humanos.

No obstante, una parte de mí insistía: "Es mentira. Todo es mentira. Ahora tú eres el ratonero. Tobías ha muerto".

Me lancé contra el suelo en picado. Replegué

las alas hacia atrás para disfrutar al máximo de la velocidad. Sentía un gran alivio.

Entonces, con aquellos ojos que no eran los de Tobías, divisé la manada de lobos en la distancia y también el peligro que se cernía sobre ellos.

CAPÍTULO 10

Mis cuatro amigos se habían quedado por completo inmóviles. Una mirada amenazadora brillaba en sus ojos, que no se apartaban de los cinco lobos que tenían delante.

Ambas manadas se habían encontrado por casualidad. Un conejo yacía muerto en el suelo: era la presa del otro grupo de lobos y ahora los dos machos alfa se habían enfrascado en una batalla feroz por la supremacía.

Uno de los machos era Jake.

El otro, un lobo de verdad.

Poseer la inteligencia de un ser humano era una ventaja para Jake. Pero, respecto a la lucha, el otro tenía más experiencia. Y estaba claro que se había convertido en líder de su manada por mérito propio.

De haber podido, me habría echado a reír. ¡Aquello era ridículo! Aunque, eso sí, me había hecho olvidar al ratonero hembra y apartar de mi mente aquel sentimiento que me empujaba hacia ella, que me arrastraba a pesar de escuchar a mi alrededor los zumbidos emitidos por los cazas al ejecutar su danza diabólica.

En ese momento, un pensamiento me recorrió como una sacudida eléctrica: ¡El tiempo! Les quedaba ya muy poco cuando abandonaron la orilla y emprendieron el camino de regreso. ¿Cuántos minutos habían transcurrido desde entonces?

Descendí para ir a su encuentro.

<¿Qué están haciendo, chicos?>

<Cállate, Tobías —contestó Jake con sequedad—. Antes tenemos un asunto que resolver.>

<Sí, ya lo veo. Evita la pelea.>

<No puedo. Si retrocedo, pierdo.>

<¿Qué es lo que pierdes? —grité—. Tú no eres un lobo. Él sí. Deja que presuma de ser el jefe. ¡Apenas les queda tiempo!>

<No es tan simple —repuso Cassie—. Si el otro alfa descubre en Jake algún signo de debilidad, es posible que ataque y entonces sí tendremos un problema. Hemos invadido su territorio y

están convencidos de que tratamos de robarles la comida.>

De repente, el otro macho adulto gruñó y dio un paso al frente. Jake reaccionó de inmediato y enseñó todavía más los dientes, sin moverse ni un milímetro de su sitio.

El conejo muerto seguía allí, a escasa distancia de los colmillos de ambos.

<La pelea es por el conejo, ¿verdad?>, pregunté.

No hubo respuesta. Todos temblaban a causa de la tensión. En cualquier momento, podía estallar una pelea de todos contra todos en versión lobuna.

Sabía lo que debía hacer, aunque iba contra los instintos del ratonero.

Y, en cuanto a mi cerebro humano, no es que la idea le entusiasmara demasiado.

Batí las alas para ganar un poco de altura y bastante velocidad, me iba a hacer falta. Luego fijé la mirada en el conejo y rogué para poder ser tan rápido como creía.

<¡Vamooooossss!>

Y allá fui, con las garras abiertas.

Di un chillido.

Había un lobo a cada lado y, en medio, un conejo muerto.

¡ZUUUUMMM!

Mis garras se aferraron a la piel del animal.

Agité las alas varias veces y levanté al conejo del suelo.

Aquel enorme lobo arremetió contra mí y noté la caricia de sus dientes en la cola.

Batí las alas con todas mis fuerzas y salí de allí a toda prisa, llevando al conejo por los aires y al lobo pegado a las plumas traseras.

<¡Tobías!>, gritó Rachel.

<¡Lárguense de ahí! —chillé—. Tengo que soltar esta cosa. ¡Pesa demasiado!>

Por suerte, cuando no le da por hacer el lobo, Jake es decidido y tiene capacidad de reacción.

Dejé caer el conejo en el preciso momento en que el lobo se me echaba encima.

Aquellas fauces capaces de acabar con la vida de un alce, se cerraron como un cepo a escasos milímetros de mí. Tal como se lo digo: estuve tan cerca de él que casi pude contarle los dientes.

Noté una ligera brisa y me bastó desplegar las alas para remontar el vuelo y escapar de allí.

<Eso no fue nada gracioso>, protesté yo.

<¿Estás bien?>

<Sólo he perdido algunas plumas de la cola>, respondí. Ya volverán a crecer.

No tardé en alcanzar a los demás. Se movían con tanta rapidez como pueden hacerlo unos lobos. El tiempo casi se había agotado. No sabía cuánto tiempo les quedaba. Es uno de los problemas de la metamorfosis. Incluso aunque puedas llevar un reloj, nadie quiere hacerlo, porque un lobo o un ratonero con reloj resultaría ligeramente sospechoso.

<Voy a ver qué hora es>, les dije.

Estaba cansado, muy cansado después de haber volado tanto y de protagonizar no uno, sino dos altercados con lobos. Sólo deseaba encontrar una rama cómoda con vista a un prado para descansar en ella. Sin embargo, sabía que por el momento no iba a ser posible.

Ascendí un poco más, no mucho: lo suficiente para alcanzar a ver uno de los camiones de los servicios forestales. Los controladores debían haber salido a dar una vuelta, pero había un reloj en el salpicadero.

Miré la hora que marcaba sin poder dar crédito a mis ojos.

¡Aquel reloj iba mal! ¡Tenía que ir mal!

CAPÍTULO 11

El cansancio desapareció de repente.

Regresé a toda velocidad al lugar donde me esperaban mis amigos. Estaba mareado. Y el corazón parecía a punto de estallarme en el pecho.

¡Habían traspasado el límite de tiempo permitido! Era demasiado tarde, demasiado tarde, y quedarían atrapados como yo. Para siempre.

<¡TRANSFÓRMENSE!>, les grité mientras me aproximaba.

El lenguaje telepático es como el lenguaje humano: cuanto más cerca estás, mejor se oye.

<¡Transfórmense! ¡Ahora mismo!>

Quizás el reloj del camión estuviera adelantado o, tal vez, cinco minutos más o menos no tuvieran importancia.

71

¡Allí estaban! Los veía con toda claridad: cuatro lobos corriendo sin descanso en dirección a la ciudad distante.

<¡Transfórmense! ¡Vamos!>, chillé al tiempo que pasaba como una bala por encima de sus cabezas.

<¿Cuánto tiempo nos queda?>, preguntó Marco.

<Ninguno.>

Aquello los hizo reaccionar. Yo me posé en una rama, completamente exhausto.

Cassie fue la primera en iniciar la metamorfosis. El pelo se le fue acortando, mientras el hocico se le achataba hasta formar una nariz. De las delgadas extremidades lobunas surgieron unas piernas que se hincharon progresivamente hasta adquirir un aspecto humano.

Luego, el rabo fue absorbido y desapareció. Ya había recuperado casi por completo su aspecto humano cuando los demás empezaron a experimentar los primeros cambios.

<Vamos, rápido >, los apremié.

<¿Qué hora es?>, quiso saber Jake.

<Les quedan aproximadamente dos minutos>, contesté.

Era mentira. Según el reloj, llevaban unos siete minutos de retraso.

Era demasiado tarde.

Sin embargo, a Cassie le faltaba muy poco para acabar de salir de aquel cuerpo de lobo. La piel había reemplazado al pelaje del animal y se veían a la perfección las mallas que le cubrían las piernas.

Pero los otros no habían tenido tanta suerte.

<¡Ahhhh!>

En mi mente oí llorar a Rachel. Su metamorfosis no estaba saliendo nada bien: unas manos humanas habían aparecido en los extremos de sus patas de lobo, pero no se había producido ningún otro cambio.

Miré a Marco aterrorizado. Su cabeza humana había brotado con una rapidez sorprendente del cuerpo del animal, pero el resto seguía como antes. Bajó la vista para mirarse y, al hacerlo, dio un grito de pánico:

—¡Por favouuuur! ¡Ayauuuuda!

Era un sonido horrible, mitad aullido de lobo, mitad humano.

Era peor de lo que pensaba. Suponía que, en el peor de los casos, quedarían atrapados en un cuerpo de lobo, como me había ocurrido a mí con el cuerpo del ratonero. Pero los seres que aparecían ante mis ojos eran monstruos de feria.

Pesadillas ambulantes.

Cassie corría de uno a otro.

—¡Vamos, Jake, hazlo! ¡Concéntrate! Rachel,

no te rindas. Piensa en tu imagen humana. Imagina que estás delante del espejo. ¡Intenta superar el miedo, Marco!

Marco puso en blanco sus ojos humanos y luego me miró fijamente. No me quitaba la vista de encima, como si me odiara o sintiera miedo de mí. O quizás ambas cosas.

No me moví. Si Marco me necesitaba para concentrarse, le ayudaría con mucho gusto.

Pero, al mismo tiempo sentí una gran vergüenza y un escalofrío me hizo estremecer. De pronto me vi tal y como ellos debían de verme: un ser anormal, un accidente de la naturaleza, una criatura repugnante digna de compasión.

Poco a poco, Marco comenzó a aparecer. Muy lentamente, su cuerpo cobró forma humana.

Lo mismo les sucedió a Rachel y a Jake. Todos iban ganando la batalla.

—Sigue así, Jake —lo instó Cassie mientras sostenía la mano de él entre las suyas—. Vuelve conmigo, Jake. Vuelve del todo.

Contemplé a Rachel. Todavía le quedaba una pequeña cola que iba encogiéndose por momentos. La boca aún le sobresalía un poco y su cabello rubio recordaba demasiado al pelaje gris del animal. Pero estaba a punto de conseguirlo. El reloj debía de estar adelantado. Un escaso margen de cinco minutos había decidido sus destinos.

Me alegraba mucho de que lo hubieran logrado y fueran de nuevo humanos.

—Lo hemos conseguido —dijo Jake con voz débil y entrecortada mientras permanecía echado sobre la alfombra de pino—. Lo hemos conseguido.

—Esta vez estuvimos cerca —opinó Rachel—. Demasiado cerca. Ha sido más difícil que salir de un barril de melaza.

—Soy una persona de nuevo —murmuró Marco—. ¡Soy humano! Tengo dedos y manos y brazos y hombros —comentó mientras comprobaba que todo estuviera en su lugar.

—¡Ja, ja! ¡Sí, esta vez faltó poco! —exclamó Cassie saltando de alegría. Luego abrazó a Jake y, al darse cuenta de lo que hacía, corrió a abrazar también a Rachel y a Marco.

Todos reían y bromeaban, aliviados.

—Todo en orden —suspiró Jake.

Me alegraba mucho por él. De veras que sí. Pero, de pronto, ya no quería seguir allí. De pronto deseé con toda mi alma marcharme lejos.

Sentí que se abría a mi alrededor un foso oscuro y sin fondo. La angustia de saberme atrapado me provocaba náuseas.

Atrapado para siempre.

Miré aquellas garras que jamás volverían a ser pies.

Miré aquellas alas que jamás volverían a ser

brazos, que jamás volverían a tener manos. Jamás volvería a tocar nada ni a nadie... Jamás.

Salté del árbol y abrí las alas.

—¡Tobías! —gritó Jake a mis espaldas.

Sin embargo, no podía quedarme. Batí las alas como un loco, sin importarme el cansancio. Tenía que echar a volar y alejarme de aquel lugar lo antes posible.

—¡Tobías, no! ¡Vuelve! —me pidió Rachel.

Di las gracias por encontrar una brisa salvadora que me sacara de allí. Pero, mientras me dejaba arrastrar, el eco de un grito silencioso inundaba mi mente.

CAPÍTULO 12

Era ya tarde cuando regresé a la que ahora era mi casa.

Después de quedarme atrapado en el cuerpo del ratonero, Jake había quitado uno de los paneles exteriores que cubrían la buhardilla de su casa. Entré volando a través de aquella abertura. Se trataba de un desván típico, con cajas de cartón polvorientas que contenían la ropa que Jake y Tom debieron de llevar cuando eran pequeños y otras llenas de luces y adornos navideños. También había una cómoda que, por alguna razón, tenía la parte superior cubierta de arañazos.

Jake había abierto uno de los cajones y había puesto una manta vieja dentro.

Era muy amable por su parte. Jake siempre

ha sido un buen amigo. En los viejos tiempos, solía defenderme de los grandulones que se metían conmigo en la escuela.

Los viejos tiempos, cuando aún iba a la escuela. ¿Cuánto hacía ya de aquello? ¿Unas pocas semanas? ¿Un mes? Ni siquiera tanto.

Jake había dejado un plato de comida precocinada en un rincón, donde nadie pudiera verlo. Tenía hambre, así que sujeté el recipiente con la garra izquierda y levanté la tapa con el pico ganchudo.

Carne con papas y habichuelas verdes. La carne era una hamburguesa. No sé cómo se las arreglaba para robar la comida. Su madre debía de pensar que le llevaba comida a escondidas a su perro Homer.

Todavía no había tenido la oportunidad de decírselo, pero no podía comer verduras ni papas. Lo único que mi aparato digestivo era capaz de digerir sin problemas era carne. Yo... es decir, el ratonero, era un depredador. En su hábitat natural, los ratoneros se alimentan de roedores, ardillas y conejos.

Devoré parte de la hamburguesa. Estaba fría. Era carne muerta de hacía tiempo y comérmela me hacía sentir mal, pero me llenaba el estómago.

Sin embargo, no era carne muerta lo que a mí me apetecía. Lo que en realidad quería era carne fresca. Necesitaba una presa llena de vida, que se moviese y respirase.

Quería abalanzarme sobre ella, inmovilizarla con mis garras afiladas como cuchillas y desgarrar su cuerpo.

Ése era mi mayor deseo y también el del ratonero. Y respecto a la carne, resultaba muy difícil negarse a obedecer los instintos del ratonero. Aquella necesidad apremiante provenía de él, de su cerebro. Di un salto y me dejé caer en el cajón, pero era muy mullido y lo que mi cuerpo de ratonero exigía no era el calor y la comodidad de una manta.

Los ratoneros construyen sus nidos a base de palitos. Se pasan la noche posados en alguna rama acogedora, escuchando los gruñidos nerviosos de una posible presa o viendo cazar a los búhos.

Bajé del cajón de un brinco. No podía continuar allí dentro. Estaba demasiado agotado incluso para descansar. Me sentía inquieto.

Volví a adentrarme en la oscuridad. Por lo general, los ratoneros no son aves nocturnas. La noche es coto privado de otros cazadores, pero mi estado de ánimo me mantenía despejado.

Durante un rato, me dediqué a volar sin rumbo definido, aunque en mi interior sabía adónde me dirigía.

La luz estaba encendida en la habitación de

Rachel. Descendí batiendo las alas con rapidez y me posé sobre una pajarera que ella había colocado fuera de la casa para que tuviese un sitio donde aterrizar cuando fuese a visitarla.

Golpeé con suavidad el cristal de la ventana con el ala y comencé a arañarlo con una de las garras.

<¿Rachel?>

Al cabo de un momento, la ventana se abrió y apareció ella, vestida con un salto de cama y unas pantuflas de piel.

—Hola, Tobías —me saludó—. ¡Me tenías muy preocupada!

<¿Por qué?>, le pregunté, aunque conocía la respuesta.

—Esta tarde no fuimos muy considerados contigo —dijo ella.

Hablaba en voz muy baja. Debíamos evitar que su madre o sus hermanas pequeñas pensaran que hablaba sola.

<No seas tonta —repuse yo—. Estuvieron a punto de... bueno, ya lo sabes.>

—Entra. He cerrado la puerta con llave.

Entré en la habitación de un salto y fui volando hacia su tocador.

De pronto, tuve la impresión de que había alguien detrás de mí. Me di la vuelta y vi un espejo: lo que contemplaba era mi propia imagen reflejada en el cristal.

Tenía una cola rojiza formada por plumas largas y rectas. El plumaje del lomo estaba moteado de marrón. Mis hombros eran grandes y encorvados, como los de un jugador de fútbol americano listo para lanzar el balón. Mi cabeza tenía una forma aerodinámica y mi pico era un arma mortífera. Me quedé mirando aquel reflejo y entonces me noté la expresión de fiereza que contenían aquellos ojos castaños.

Giré la cabeza y la imagen volvió a quedar a mis espaldas.

<No sé lo que me pasa, Rachel.>

—¿Qué quieres decir, Tobías?

Ojalá hubiera podido sonreír. Ella parecía tan preocupada que me hubiera gustado esbozar una pequeña sonrisa para tranquilizarla.

<Rachel, siento que estoy perdiendo mi identidad.>

—¿Cómo? ¿Qué? ¿Qué quieres decir? —me preguntó mientras se mordía el labio. Intentó disimular aquel gesto, pero no hay detalle que escape a los ojos de un ratonero.

<¿Recuerdas el ratonero que liberamos...? Volví a verlo en el lago. Sentí deseos de irme con ella. Sentí que mi sitio estaba a su lado.>

—Tu sitio está junto a nosotros —afirmó Rachel con firmeza—. Eres un ser humano, Tobías.

<¿Cómo puedes estar tan segura?>, repliqué.

—Porque lo único que cuenta es lo que hay

en tu mente y en tu corazón —respondió ella con vehemencia—. Una persona no es sólo un cuerpo. Una persona es mucho más que su aspecto físico.

<Rachel... ni siquiera me acuerdo de cómo era yo antes.>

Vi que estaba a punto de echarse a llorar. Pero Rachel es una persona fuerte y nunca se derrumba. Quizá fuese ésa la razón de que hubiera ido a visitarla. Necesitaba a alguien que me devolviese la seguridad en mí mismo. Alguien que pudiera prestarme un poco de su fortaleza. Ella se dirigió a la mesita de noche y abrió uno de los cajones. Estuvo hurgando en él durante unos momentos y luego vino hacia mí con una pequeña fotografía en la mano. Le dio la vuelta para que pudiera verla.

Era yo. El Tobías que una vez había sido.

<No sabía que tuvieras una foto mía>, comenté.

Ella asintió.

—No es muy buena. En persona eres mucho mejor.

<En persona>, repetí yo.

—Tobías, algún día los andalitas volverán. Porque si no lo hacen, estaremos perdidos, la raza humana estará perdida. Y cuando regresen, estoy segura de que sabrán lo que hay que hacer para que recuperes tu forma natural.

<Ojalá estuviera tan seguro como tú>, le dije.

—Yo sí lo estoy —afirmó ella. Dijo aquellas palabras con toda la fe del mundo, pero me di cuenta de que, mientras me contaba aquella mentira, luchaba para que los ojos no se le llenaran de lágrimas.

Como he dicho antes, pocas cosas escapan a la mirada de un ratonero.

CAPÍTULO 13

Hablar con Rachel me ayudó, aunque no mucho.

Pasé la noche en el pequeño cajón de la buhardilla de Jake.

Al día siguiente salí a volar por ahí, mientras esperaba que mis amigos salieran de clase.

En algunos aspectos, debía reconocer que mi situación no era del todo mala. Para empezar, no tenía que hacer deberes; y, además, podía volar. ¿Cuántos chicos de mi edad son capaces de alcanzar sesenta kilómetros por hora en un vuelo rasante o superar los ciento veinte en una caída en picado?

Fui a la playa para aprovechar las corrientes de aire que se forman allí. Siempre son mejores cuando los acantilados caen como cortados a pico sobre el océano azul.

Vi corretear unas posibles presas sobre la hierba que tapizaba la parte superior del acantilado. Se trataba sobre todo de pequeños roedores, a los que no presté la menor atención. Yo era Tobías, un ser humano. Jake había convocado una reunión en su habitación aquella noche. Su hermano Tom no estaría en casa porque pensaba asistir a un encuentro organizado por La Alianza.

La Alianza es una organización encubierta de los yeerks, que la hacen pasar por una especie de asociación de *boy scouts* cuando su verdadero propósito es reclutar portadores voluntarios de gusanos.

He acabado por acostumbrarme a mirar los relojes de la gente mientras me mantengo suspendido en el aire. También resultan muy útiles esos aparatos electrónicos que a veces hay en los bancos, y que indican la hora y la temperatura.

No se pueden imaginar la cantidad de cosas que uno llega a echar de menos cuando pierde su propio cuerpo: tomar una ducha, dormir como un tronco, sin enterarse de lo que sucede alrededor; o incluso preguntar qué hora es.

Por la tarde volví a la escuela y estuve dando vueltas hasta que acabaron las clases. Entonces esperé a que salieran Jake, Rachel, Cassie y Marco. Lo hicieron por separado. Marco había insistido en lo peligroso que sería para el grupo que los vieran siempre juntos.

Seguí al autobús en el que viajaban Jake y Rachel. Eran los que vivían más cerca: sus casas estaban a pocas cuadras la una de la otra. El apartamento de Marco estaba al otro lado del bulevar. Desde que su madre se había ahogado unos años antes, Marco vivía sólo con su padre.

Cassie era la que tenía que recorrer más distancia hasta llegar a su granja, que se encontraba a más de un kilómetro y medio de donde vivían los demás. Volando sólo se tarda unos tres minutos.

Como ya he dicho, tener alas también tiene sus ventajas, y la mayor parte del tiempo te sientes muy a gusto, en serio.

Mientras esperaba a Jake, me dediqué a flotar sobre una estupenda corriente de aire cálido que había sobre su casa. Luego lo vi bajar del autobús y entrar. No podía divisar a Rachel desde donde estaba por culpa de unos árboles que se interponían en mi campo visual. Al que sí distinguí fue a Marco.

Traté de concentrarme en los movimientos de mis amigos y olvidarme de las ardillas que correteaban por los árboles y los ratones que sacaban la naricilla por los agujeros para husmear el aire.

Al cabo de un rato vi salir a Tom.

Tom es como Jake, sólo que más corpulento y

con el cabello más corto. Yo nunca llegué a conocerlo bien. Sin embargo, fue precisamente durante nuestro intento frustrado de rescatarlo del estanque yeerk cuando me quedé atrapado.

Caminó calle abajo con aire despreocupado. Entonces, una cuadra más lejos, un auto se detuvo, se abrió la puerta y Tom subió de un salto.

Iba a la reunión de La Alianza.

Poco después vi que los demás se acercaban a la casa de Jake. No me costó nada identificar a Rachel. Mientras caminaba iba haciendo ejercicios gimnásticos por el borde de la acera, como si estuviera encima de la barra de equilibrios.

Cuando todo el mundo hubo entrado, me dirigí a la ventana de la habitación de Jake. No quería que pensaran que había estado todo aquel tiempo dando vueltas sin nada mejor que hacer.

—Ya era hora —comentó Marco—. Llevamos casi una hora esperándote.

Sólo hacía dos minutos que habían llegado.

<Soy un pájaro muy ocupado —respondí—. Perdí la noción del tiempo.>

—Será mejor que empecemos cuanto antes —sugirió Cassie—. La señorita Lambert nos ha dado bastante trabajo para pasado mañana y además le he prometido a mi padre que lo ayudaría a poner en libertad al búho de Virginia. Estaba hecho una pena cuando lo encontramos: se había posado sobre un cable de alta tensión y quedó completamente chamuscado. Pero ahora ya está bien. Incluso hemos encontrado un hábitat apropiado para soltarlo.

—Amigo tuyo, ¿no, Tobías? —se burló Marco.

Los demás le lanzaron miradas asesinas; aunque lo cierto es que me hacía sentir bien que Marco se metiera conmigo.

Marco se mete con todo el mundo.

<Los ratoneros no se suelen juntar con los búhos —respondí yo—. Ellos trabajan de noche y nosotros preferimos hacerlo de día.>

—Es un ejemplar magnífico —continuó Cassie.

<A veces veo algunos al caer la noche —comenté yo—. Son geniales. Tan silenciosos: jamás hacen el menor ruido con las alas. Pueden volar a menos de un palmo de tus narices sin que te des cuenta.>

—Humm, miren, si Cassie tiene que marcharse pronto, lo mejor será que nos pongamos manos a la obra —sugirió Jake.

—Buena idea. Tan pronto como hayan terminado con los pájaros, claro —se burló Marco.

—Yo también tendré que irme enseguida —anunció Rachel con timidez—. Mi clase de gimnasia va actuar en el centro comercial.

—Eso no me lo pierdo por nada del mundo —saltó Marco.

—Ya lo creo que te lo pierdes —replicó Rachel cortante—. No pienso permitir que ninguno de ustedes se acerque por allí. Ya saben que no soporto esas tonterías.

Rachel no es de las que disfrutan actuando delante del público.

—Bueno, ahora ya sabemos cómo obtienen los yeerks el agua y el aire que necesitan —empezó Jake dando por zanjada la discusión—. Y también sabemos dónde y, más o menos, cuándo lo hacen. Tiene que haber una manera de utilizar esa información. ¿Se les ocurre algo?

Rachel se encogió de hombros.

—Deberíamos destruir la nave.

Marco levantó la mano como si estuviera en clase.

—¿Qué tal si volvemos al tema de los pájaros?

Como siempre, Rachel no le hizo el menor caso.

—Escuchen, si encontramos el modo de destruir esa nave, los yeerks se quedarían sin aire y sin agua y tendrían que rendirse y largarse a su casa.

—Es posible —opinó Cassie—. Pero también es posible que haya una docena de naves idénticas a ésa en diferentes puntos del planeta. Ahora mismo no sabemos cuántas tienen.

—Con ésta bastaría si... —comenzó a decir

Marco, pero luego, al darse cuenta de que estaba a punto de proponer algo peligroso, se detuvo en seco—. Quiero decir que... bueno, no importa.

—¿Qué? —le preguntó Jake—. ¿Qué ibas a decir?

Marco comprendió que estaba atrapado, así que se encogió de hombros.

—De acuerdo. Miren, ¿qué ocurriría si, en lugar de desintegrar la nave o hacerla saltar en pedazos, alguien desconectara el mecanismo de camuflaje mientras sobrevuela la ciudad?

Permanecimos en silencio mientras tratábamos de imaginar la escena: de pronto, un millón de personas miraría hacia arriba y vería una nave del tamaño de un rascacielos.

—Lo más seguro es que la gente se fijaría en ella —opinó Jake.

—¡Ya lo creo que se fijarían! —afirmó Rachel—. Además, el radar también detectaría su presencia. Habría millones de testigos. Los controladores jamás conseguirían tapar algo así.

<La gente lo grabaría en video —dije yo— y haría fotos. Incluso quedaría registrado en las grabaciones del radar.>

Jake sonrió.

—El mundo entero lo vería y toda la raza humana sabría lo que está sucediendo. —Se iba entusiasmando cada vez más con la idea—. Entonces nos dirigiríamos a las autoridades. ¡Los controladores no lograrían detenernos! ¡Podríamos explicar todo lo que sabemos!

Los ojos de Rachel resplandecían.

—Les hablaríamos de La Alianza y les entregaríamos a Chapman.

—Y mientras hacemos todo eso, ¿créen que Visser Tres y sus secuaces se quedarían de brazos cruzados? —preguntó Marco—. Como dijimos antes, no sabemos de cuántas naves disponen ni qué potencia tienen.

Jake parecía decepcionado.

<No tienen potencia suficiente para atacar la Tierra>, afirmé yo.

—¿Cómo lo sabes? —inquirió Marco.

<Porque si la tuvieran, no se tomarían tantas molestias para mantenerlo en secreto. Nadie se esconde cuando se cree lo bastante fuerte para salir y dar la cara.>

Esperaba que Marco soltara algún comentario de los suyos, pero se limitó a asentir.

—Sí, tienes razón.

—Puede que ésta sea nuestra gran oportunidad —añadió Rachel—. Debemos desenmascarar a esa nave para que todo el mundo sepa lo que está pasando.

—No me gusta hacer esta pregunta —dijo Marco con un gruñido—, pero ¿cómo piensan hacerlo?

Fue Jake quien respondió:

—Tendremos que introducirnos en la nave. —Le guiñó el ojo a Marco—. ¿Quieres saber cómo?

Marco hizo un gesto negativo con la cabeza.

—Pues no.

—A través de las tuberías del agua. Transformados en peces.

Marco suspiró.

—Jake, dije que no quería saberlo.

CAPÍTULO 14

Rachel y Cassie salieron de casa de Jake y tomaron direcciones diferentes.

—Que te vaya bien en la función —le gritó Cassie a Rachel.

—Gracias —le contestó Rachel de mal humor.

—Nos vemos allí —le dijo Marco a Rachel—. No te caigas de la barra de equilibrios hasta que llegue.

Rachel le dirigió una de sus típicas miradas en la que se leía: "Si te metes conmigo, eres hombre muerto". Luego desapareció y sólo quedamos Marco, Jake y yo.

—En el fondo está loca por mí —comentó Marco, guiñándonos el ojo a Jake y a mí.

—Seguro que sí —respondió Jake con seque-
dad—. Escucha, Tobías, no podremos llevar a
cabo la misión hasta el fin de semana.

<¿Por qué?>

—Por el tiempo. Tenemos que transformarnos
para llegar hasta allí. No hay autobuses y cami-
nando no podemos recorrer una distancia tan
grande. Incluso transformados en lobos tardaríamos bastante. La otra vez tardamos más de una
hora, así que he pensado que lo mejor sería iniciar el ascenso por la mañana y acampar luego
en algún lugar escondido para estar listos
cuando los yeerks aparezcan por la tarde.

—Y esta vez daremos un rodeo para no atravesar el territorio de la otra manada de lobos
—señaló Marco—. No tengo ganas de volverme a
tropezar con ellos.

El plan parecía bueno.

<Tienes razón. Pero, si lo que quieren es po-
nerse en camino por la mañana temprano, será
mejor hacerlo un sábado.>

—Bueno, sea como sea, necesitamos reunir
la mayor cantidad de información posible sobre
la zona. —Jake me miró, pensativo—. Había
pensado que...

<Por supuesto —lo interrumpí yo—. Haré un
reconocimiento de los alrededores y les buscaré
un buen escondite. Ahora tengo todo el tiempo
del mundo. Pueden dejar el asunto en mis ma-

nos. Bueno, en mis manos precisamente, no, pero pueden dejarlo de todas maneras.>

Tanto Marco como Jake se echaron a reír. Creo que a Marco le sorprendió que fuera capaz de bromear sobre mí mismo.

Jake me miró de forma significativa. Supongo que estaría preguntándose por mi estado de ánimo.

<Me encuentro bien —le dije en privado, por telepatía, para que Marco no me oyera—. Es sólo que me sentí algo confuso después de ver cómo luchaban por escapar de aquellos cuerpos de lobo.>

Él enarcó una ceja y asintió. No era difícil adivinar que aquel episodio también le había afectado. Sospecho que todavía tenía pesadillas.

—Muy bien, ¿y ahora qué? —preguntó Marco—. ¿Qué hago, me cuelo en el centro comercial sin que Rachel me vea o nos ponemos a jugar con algún videojuego?

—Tengo deberes —repuso Jake—. Y, créeme, Marco, si Rachel te ve haciendo muecas en el centro comercial mientras ella está subida en la barra de equilibrios, es capaz de convertirse en elefante y aplastarte.

Marco simuló un gesto de dolor.

—Qué tiempos aquellos, cuando lo único que podía hacer una chica era insultarte.

Alcé el vuelo y los dejé solos para que eligieran entre los videojuegos, los deberes o cualquier otra forma de pasar el rato. De todas maneras, yo no iba a poder participar en ninguna de aquellas actividades.

La verdad es que es una lástima. Con mi agudeza visual y la capacidad de reacción que poseo ahora, no tendría rival con un videojuego.

Pero los *joysticks* y los botones de control no están hechos para las garras.

Me interné en aquel frío atardecer.

Estuve dando vueltas un rato. Fui a echar un vistazo a la casa de Chapman. Chapman es el subdirector de la escuela y uno de los controladores de mayor rango.

La primera vez que vimos a Chapman, después de haber sido convertido en controlador, fue mientras le ordenaba a un hork-bajir que nos matase si nos encontraba y que guardara las cabezas para identificarlas después. No es precisamente lo que uno espera oír de alguien conocido.

Ni siquiera cuando se trata del subdirector de la escuela.

Después resultó que las cosas eran más complicadas de lo que parecía. Es cierto que Chapman se había unido a los yeerks, pero en parte lo había hecho para salvar a su hija, Melissa.

En aquel momento Melissa estaría junto a Rachel, participando en el espectáculo gimnástico del centro comercial. El recuerdo de aquel sitio me ponía muy triste, porque era otro de los lugares al que no podría regresar jamás. La lista era ya muy larga: la escuela, el cine, el parque de diversiones...

¡Eh, un momento! Claro que podía ir al parque de diversiones; y sin pagar entrada, además.

Sin saber por qué, aquel pensamiento me hizo muy feliz. Desde luego, no podía montar a la montaña rusa, pero la idea me animó mucho.

Podía colarme en Los Jardines siempre que quisiera, e incluso ver cualquier partido de fútbol o de béisbol que se celebrara al aire libre.

¡Y luego estaban los conciertos!

¡Yuhuuu! Los que tuvieran lugar en los grandes estadios no plantearían el menor problema. Lo de pagar entrada había pasado ya a la historia.

Así debía pensar siempre y repetirme que aquel cuerpo de ratonero me permitía hacer miles de cosas que como humano me estaban prohibidas.

Sin embargo, éste no era el mejor momento de ponerlas en práctica.

Tenía una misión que cumplir. Aquélla era otra de las muchas ventajas que mi nueva situación me proporcionaba: me había convertido en el último modelo de espía aéreo.

Una hilera de nubes se dirigía hacia las montañas a gran altura. El tiempo no podía ser mejor para mis propósitos. La causa de que las nubes se elevaran tanto eran unas corrientes de aire cálido en las que me apresuré a internarme.

Aquella vida no estaba tan mal después de todo.

Estaba volando. Antes, cuando todavía tenía cuerpo humano, contemplaba al cielo deseando poder volar algún día. Y ese deseo se había cumplido. Imaginé a muchos niños allí abajo mirando hacia arriba y exclamando al verme: "¡Qué fantástico!".

Ojalá hubiera tenido algo de comida. Comenzaba a sentir hambre. Tenía que haberle pedido a Jake que me diera alguna cosa.

Entonces sucedió. Ni siquiera tuve tiempo de reaccionar. Supongo que fue porque me sentía bien. Porque estaba relajado.

Iba sobrevolando los bosques situados a un kilómetro aproximadamente de la granja de Cassie. Un poco más allá, los árboles se abrían para dar paso a una pradera de dimensiones reducidas. No hay nada en el mundo que le guste más a un ratonero de cola roja que un prado.

Aquél estaba lleno de posibles presas. Había ardillas que corrían por el suelo en busca de nueces. Iban dando saltos y después se sentaban sobre sus patas traseras mirando a su alrededor nerviosas. También había roedores que correteaban de un agujero a otro. Y conejos.

Una rata.

Era incapaz de apartar la vista de ella. Debí de encoger uno de los hombros, porque di un giro inesperado en el aire y me lancé en picado hacia el suelo, a todo gas.

Bajé la cabeza, pegué las alas al cuerpo e incliné las garras hacia atrás para alcanzar la mayor velocidad posible.

¡Fue un impulso ciego! Abrí las alas y noté la resistencia del aire. Saqué las garras con la vista fija en la rata.

¡La concentración era absoluta!

¡Entonces ataqué!

Una especie de descarga eléctrica recorrió todo mi cuerpo. ¡Estaba eufórico! ¡Extasiado! Es la palabra que mejor describe lo que sentía en aquel momento. Nunca antes había experimentado una emoción tan intensa.

Hundí las garras en la carne caliente y las presioné contra ella. La rata se retorcía pero era inútil. ¡Inútil!

¡Estaba fuera de mí!

Cubrí al animal con las alas para evitar que la viera otro depredador y tratara de robármela.

"¡NO! ¡NO! ¡NO! ¡NO! ¡NO!"

Retrocedí.

Me miré las garras. Estaban cubiertas de sangre.

Un trozo de carne del animal me colgaba del pico.

Presa del pánico, olvidé lo que era y traté de correr; pero ya no tenía piernas ni pies para correr. Sólo unas garras asesinas. Unas garras ensangrentadas.

Caí en el fango.

"No", grité dentro de mí. Sin embargo, aún veía a aquella pobre rata muerta. Aún notaba su sabor. No importaba cuántas veces dijera "no", porque siempre acabaría siendo "sí".

CAPÍTULO 15

Volé.

Batí las alas con todas mis fuerzas y lo más rápido que pude.

Quería alejarme de allí tan deprisa que el recuerdo de haber matado y devorado a una rata nunca lograra alcanzarme.

Pero ni siquiera yo era capaz de volar tan rápido.

¡Humano! ¡Soy humano! ¡Soy Tobías!

No sé por qué deseaba ver a Rachel en aquel preciso momento. Quizá fuera porque ella era lo más parecido a un amigo que tenía entonces. O tal vez porque nunca mostraba dudas sobre mí, sobre lo que yo era.

Necesitaba que alguien me devolviera la confianza en mí mismo.

Miré hacia abajo y divisé los enormes rectángulos de forma irregular que constituían el centro comercial. Vi una puerta de cristal. La gente entraba y salía en tropel a través de ella. Rachel se encontraba allí dentro.

¡FIIUUUUU!

Mientras me lanzaba en picado, gritaba de rabia, frustración y terror. Me precipité contra la puerta del mismo modo que me había precipitado contra la rata.

Pero esta vez no iba a detenerme ni a reducir la marcha. Iba a acabar con todo aquello de una vez. Me estrellaría contra el vidrio y tal vez así conseguiría despertar de aquella pesadilla.

La velocidad aumentaba a medida que la puerta se acercaba. Incluso parecía que el suelo se hubiera levantado de repente con la intención de golpearme.

Un tipo moreno y bajo se acercó a la puerta y la abrió.

¡SHHHHHH!

Debía de ir a más de ciento veinte kilómetros por hora cuando pasé por la puerta como una exhalación. Más adelante había otra puerta, pero ya estaba abierta.

No hubo impacto.

Ni despertar.

Luces y colores brillaban a mi alrededor. Era como estar dentro de un caleidoscopio que no dejaba de girar.

The Gap. Express. The Body Shop. Easy Spirit. Mrs. Fields.

¡ZUUUMMM!

Pasé sobre las cabezas de los compradores como una bala. Oí gritos y exclamaciones de sorpresa, pero no me importó.

Lo único que quería era estrellarme contra lo primero que encontrara.

Hubiera dado lo que fuera por despertar de aquel sueño y caer al suelo porque las alas habían desaparecido para dar paso a unas piernas torpes y unos brazos que se agitaban en el aire.

Quería volver a ser yo.

"¡Soy humano! ¡Soy humano! ¡Soy Tobías!"

Nine West. Radio Shack. B. Dalton. Benetton. Aquél era mi mundo. El mundo al que pertenecía. Los lugares que frecuentaba. La comida que solía tomar. El mundo de los seres humanos.

¡FIIIUUUUUU!

En cuestión de segundos llegué al corazón mismo del centro comercial.

La gente había formado un círculo en torno a unas colchonetas de color azul sobre las que unas cuantas chicas ejecutaban elegantes flexiones y volteretas en el aire. En el piso de arriba, un nutrido grupo de personas también se había asomado a la barandilla para observar las evoluciones de las gimnastas.

Rachel se hallaba sobre la barra de equilibrios. Levantaba una pierna mientras intentaba sostenerse con la otra.

Pasé por su lado como un misil dorado y rojo.

—¡Tobías! —gritó.

Ante mí apareció una pared, un muro liso que pronto formaría parte de un nuevo establecimiento. Seguí mi camino sin disminuir la velocidad. Aún estaba a tiempo de chocar contra él y poner fin a aquel mal sueño.

—¡No! —volvió a gritar Rachel.

Con un movimiento brusco, giré y seguí hacia arriba mientras notaba el roce de la pared en el estómago. El techo, una especie de tragaluz, era de cristal. ¡El viaje había terminado! Intenté desviarme por segunda vez, demasiado tarde: golpeé el vidrio con el hombro y salí despedido hacia abajo, en dirección a aquellas caras que me veían caer con una mezcla de horror, asombro y compasión.

Divisé a Rachel entre la muchedumbre. En sus ojos había una súplica silenciosa. "No —decía—. No."

Aturdido e incapaz de reaccionar, continué el loco descenso. Rachel, que no se había movido de la barra de equilibrios, me agarró antes de que me estrellase contra el suelo. Ambos nos desplomamos sobre las colchonetas.

—¡Tienes que salir de aquí! —masculló.

<He matado —grité yo—. No lo entiendes, Rachel. Estoy perdido. ¡He matado!>

—No. Mientras me tengas a mí y a los demás no estarás perdido, Tobías.

Numerosas personas acudieron para salvar a Rachel de aquella rapaz chiflada y fuera de control. Sin embargo, antes de que me atraparan, ella me dio impulso para que volviera a remontar el vuelo. Cualquiera que hubiera visto la escena, pensaría que sólo intentaba librarse de mí.

Batí las alas y huí de todas aquellas manos que trataban de agarrarme. Alguien me lanzó una bolsa llena de paquetes, pero conseguí esquivarla.

De todas maneras, no había escapatoria. Vi el tragaluz encima de mí. Más allá se divisaba el cielo.

Mi mente de ratonero lo buscaba con desesperación. Sabía que en aquella inmensa bóveda azul estaría a salvo. Por eso puso rumbo a ella tan rápido como pudo sin importarle aquella superficie de cristal cuya existencia no lograba comprender. Un cristal que para él resultaba tan difícil de atravesar como un muro de ladrillo.

Ya no podía seguir luchando contra aquel instinto. El ratonero había ganado. Yo había matado. Había matado y después me había comido a la víctima. Y me había encantado hacerlo. Había conocido el placer de la caza.

¡Nunca más podría resistirme a hacerlo!

En un segundo todo habría terminado. Agitaría las alas una vez más y el cristal...

Por el rabillo del ojo vi una cara entre la gente del piso de arriba que me resultó familiar. De pronto, algo pasó silbando muy cerca de mí. Era un objeto pequeño, redondo, blanco y con costuras.

¡CRASH!

La bola de béisbol rompió el vidrio a escasos centímetros de mi pico. Justo donde Marco había apuntado. Numerosos fragmentos de vidrio volaron a mi alrededor. Escapé sin perder un instante por el agujero.

¡El cielo!

El ratonero continuó volando muy deprisa y en línea recta.

Me dejé llevar. Él había vencido.

Tobías, aquel chico cuyo aspecto ya no recordaba, había dejado de existir.

CAPÍTULO 16

Los días siguientes fueron como un sueño lento y prolongado. Me mantuve alejado de la casa de Jake y tampoco intenté ponerme en contacto con mis amigos. Simplemente desaparecí.

Encontré un sitio donde quedarme. Era el hábitat perfecto para un ratonero de cola roja. En realidad, no era otro que el lugar donde había hecho mi primera presa: aquella hermosa pradera rodeada de árboles. No muy lejos de aquel claro, había una zona pantanosa que también me pareció adecuada. El problema era que otro ratonero se había establecido allí y no me resultaría fácil realizar incursiones en aquel territorio.

Pasaba los días cazando. A veces, me dejaba mecer por los vientos cálidos y contemplaba el prado. En otras ocasiones, prefería posarme en la rama de un árbol a la espera de que algún animalillo desprevenido se atreviera a abandonar su madriguera.

Si eso ocurría, me lanzaba sobre él, lo sujetaba con las garras y lo mataba. Luego me lo comía mientras la sangre aún estaba caliente.

Los días transcurrían más deprisa que las noches. Durante el día, la caza me mantenía ocupado todo el tiempo, porque no siempre se acierta a la primera. La mayoría de las veces hay que hacer varios intentos antes de conseguir una presa.

Por las noches era peor. No se podía cazar. La oscuridad pertenece a otros depredadores, sobre todo a los búhos. En las horas nocturnas, mi parte humana salía a la superficie.

Mi cerebro humano me mostraba sus recuerdos, retazos de su vida anterior, imágenes de sus amigos. La persona que había en mí estaba triste. Se sentía sola.

Aunque lo que en realidad más deseaba aquel ser humano llamado Tobías era dormir. Quería esfumarse y dejar que el ratonero gobernara su existencia. Estaba decidido a aceptar que había dejado de ser una persona.

Sin embargo, al llegar la noche, posado en la rama que ahora era mi hogar y mirando a los búhos realizar en silencio su mortífera labor, no podía evitar que los recuerdos me invadieran.

Entre ellos estaba el del ratonero hembra que había sacado de la jaula. Sabía dónde tenía su territorio: en las montañas, cerca de un lago de aguas cristalinas.

Un buen día decidí ir allí. Cuando la vi, estaba posada en la rama de un árbol, contemplando a una cría de mapache que estaba a punto de convertirse en su presa. Debía de tener mucha hambre para intentar cazar a un mapache, ya que los mapaches, por pequeños que sean, son criaturas muy fuertes y agresivas.

Mientras la miraba sin que ella se diera cuenta, se abatió sobre el animal, que se percató de su presencia y se inclinó hacia un lado para esquivarla. El mapache salió ileso del ataque y corrió en busca de su madre que lo estaba esperando a la entrada del bosque.

Ningún ratonero inteligente perseguiría a un mapache adulto porque llevaría las de perder.

Ella lo sabía y por eso volvió a posarse en la rama.

Entonces decidí dar unas cuantas vueltas para ver si reparaba en mi presencia y para observar su reacción en caso de que así fuese. Tenía que ir con cuidado. Después de todo, era una hembra, y, por lo general, las hembras pesan un tercio más que los machos.

De repente, se produjo un movimiento inesperado en el bosque.

¡Era una persecución!

Una cacería siempre resulta emocionante, incluso si los protagonistas pertenecen a otras especies. Contribuye a afinar tu propio instinto depredador.

La presa corría torpemente sobre sus dos patas, que se le enredaban continuamente entre la maleza. Por fin tropezó y cayó al suelo. Me dio la impresión de que le costaba levantarse y reanudar la huida.

La oía jadear. Se estaba quedando sin fuerzas y chillaba. Intentaba articular una llamada de socorro.

Todas las presas gritan.

El depredador también se desplazaba sobre dos extremidades, con la diferencia de que las suyas habían sido diseñadas para moverse a mayor velocidad. En los brazos tenía una serie de cuchillas con las que iba cortando los arbustos y las hierbas. Se iba abriendo paso entre ellos como si fuera una cortadora de césped.

¿Una cortadora de césped?

No. Era otra cosa. Una picadora de carne. Eso es lo que era. Así había bautizado Marco a aquellos seres.

¿Marco? Su imagen volvió a mi mente. Más bien bajo, con el cabello oscuro. Humano.

Fue como un relámpago. De pronto lo comprendí todo. La presa era humana.

¿Pero a mí qué más me daba? Era una presa. Después de todo, era lo normal: los depredadores matan a las presas.

¡NO! Se trataba de un ser humano.

—¡Socorro! ¡Socorro! —gritaba. ¿Qué significaba todo aquello?—. ¡Socorro! ¡Ayuda!

El depredador estaba muy cerca. En pocos segundos alcanzaría su objetivo. Era fuerte y veloz.

¡Era un hork-bajir!

—¡Socorro! ¡Ayúdenme!

Me resulta difícil describir lo que pasó entonces. Era como si el mundo se hubiera puesto patas arriba, y lo que hacía un minuto era blanco, se hubiera vuelto negro. Fue como despertar de un sueño.

La presa era un ser humano. El depredador era un hork-bajir. Algo no encajaba. ¡Algo marchaba francamente mal! Alguien debía intervenir para detenerlo.

Me paré en seco.

Sólo unos minutos antes, estaba convencido de que ningún ratonero en su sano juicio perseguiría a un mapache adulto, y ahora era yo el que iba tras un hork-bajir. Y comparar a un hork-bajir con un mapache sería como comparar la bomba atómica con el arco y la flecha.

Tendría que darle en los ojos. Eran el único punto débil de aquel monstruo.

Me dirigí como una bala hacia el hork-bajir. El humano volvió a caerse.

Saqué las garras.

Para el hork-bajir no existía otra cosa en el mundo que su presa. Lo golpeé fuerte en la cara sin vacilar y luego me alejé de él a toda prisa.

El hork-bajir rugió de dolor y se llevó las manos a los ojos.

El humano se había puesto de pie y había echado a correr de nuevo.

—¡*Gurr gafrasch!* ¡A mí! ¡Escapa! *¡Hilch nahurrn!* —gritó el hork-bajir, en aquella extraña mezcla de lenguaje humano y alienígena que empleaban cuando se mezclaban con los seres de este planeta.

Estaba pidiendo ayuda. Aproveché la velocidad que había adquirido para elevarme por encima de las copas de los árboles.

Los refuerzos estaban por llegar y eran numerosos. A menos de mil metros había otro hork-bajir y en las proximidades se encontraban un par de falsos guardas forestales.

Poco a poco iba recordándolo todo. A los guardas falsos y a los hork-bajir, tropas de choque de los yeerk. También había un lago y una nave de carga yeerk que estaría a punto de aterrizar.

Yeerks. Andalitas.

Y mis amigos, los animorphs.

Sí, mis amigos. ¿Cómo podía haberlos olvidado? Pero aquel humano no era uno de ellos. Aquella presa humana era adulta. Y, además, era desconocida.

El ratonero liberado me miraba fijamente. Notaba la atracción que ejercía sobre mí. Era como un imán. Ella era de los míos. Era igual que yo.

Pero los guardas forestales se estaban acercando peligrosamente al humano, un ser por completo distinto a mí. Un torpe animal terrestre. Una pobre presa.

Y, sin embargo, por alguna razón que no conseguía entender, debía impedir que lo cazaran.

Debía hacerlo. Yo.

Tobías.

CAPÍTULO 17

Me posé en la percha que había junto a la ventana de la habitación de Rachel. Era tarde, pero seguía despierta. Estaba leyendo un libro en la cama, apoyada en unos cojines.

Golpeé el vidrio con un ala.

<¿Rachel?>

Rachel dio un respingo y el libro voló por los aires. Luego saltó de la cama, corrió a la ventana y la abrió de par en par.

—¿Tobías?

<Eso creo>, contesté con ironía.

Ella intentó rodearme con los brazos y estrecharme contra sí, pero comprendió que no era posible. Las aves no están hechas para los abrazos.

—¿Estás bien? ¡Nos tenías tan preocupados! Cassie decía que a lo mejor te habían matado o estabas herido. Ya no sabíamos qué pensar. Jake está muy deprimido.

<Estoy bien>, le respondí y volé hasta su tocador.

Una vez que se aseguró de que no me había pasado nada malo, empezó a ponerse furiosa. No pude evitar sonreír por dentro. Así era Rachel.

—Tobías, ¿se puede saber qué te sucede? ¿Por qué has estado sin dar señales de vida tanto tiempo? ¿No imaginabas lo mucho que estaríamos sufriendo?

<Es difícil de explicar, Rachel —dije yo—. Supongo que... el ratonero me venció. Bueno, no exactamente. Quiero decir que los instintos de un ave así... son muy fuertes.>

Entonces le hablé de mi primera presa y del horror que sentí por haber sido capaz de matar.

No sabía cómo iba a reaccionar. Me di cuenta de que, aunque intentaba ser comprensiva, mis palabras le resultaban desagradables.

<Perdí el control —reconocí—. Durante los dos últimos días, he vivido como un auténtico ratonero. Creo que incluso había empezado a olvidarme de... mí mismo. Casi había conseguido prescindir por completo de los seres humanos, cuando ocurrió algo que...>

—¿Qué? —Fue a la puerta para comprobar

que estaba cerrada y que ninguna de sus hermanas correteaba cerca de allí. Yo podía oír el silencio reinante en la casa—. ¿Qué es lo que ocurrió?

Le conté mi excursión al lago y la persecución
que había presenciado.

<Por suerte, veo lo que ocurre en el suelo me-
jor que un hork-bajir o que cualquiera de esos
controladores disfrazados de guardas forestales.
Ayudé a escapar a aquel tipo y le expliqué
cuándo debía esconderse y cuándo echar a correr.>

—¿Hablaste con él?

<Sí. Por telepatía. No había más remedio. No
iba a dejar que lo atraparan. Además, había visto
al hork-bajir, nunca lo hubieran dejado escapar
con vida.>

Rachel parecía confusa.

—¡Pero, entonces, sabe quién eres! Y también ha visto a un hork-bajir.

<¿Y qué va a hacer? ¿Decirle a la gente que
un monstruo extraterrestre lo persiguió por todo
el bosque y que lo salvó un ratonero que le hablaba por telepatía?>

Rachel se echó a reír.

—Sí, es verdad. La gente pensaría que se ha
vuelto loco. Además, si empezara a hablar de los
yeerks por ahí, no tardarían en encontrarlo y ce-
rrarle la boca para siempre.

<Eso es exactamente lo que yo le dije, así que no creo que hable. Preferirá olvidar lo ocurrido.>

—Le salvaste la vida —afirmó Rachel.

<Estuve a punto de no hacerlo —confesé yo—. Al principio no vi más que a un depredador persiguiendo a su presa. Era lo mismo que cuando contemplo a los búhos por la noche, o a lo que hago yo mismo. Matar para comer.>

Rachel se quedó pensativa durante unos instantes.

—Los yeerks y sus esclavos no matan para comer —replicó—. Matan para controlar y dominar. Una cosa es que alguien mate para alimentarse, porque así lo ha dispuesto la naturaleza, y otra muy distinta matar para tomar el poder o el control. Hay que ser muy malvado para eso.

<Supongo que tienes razón —contesté—. No me lo había planteado de esa manera.>

—Lo que hiciste... ya sabes... comer, o lo que sea. Bueno, es una cosa natural, tratándose de un ratonero. Pero nada de lo que hace un horkbajir es natural. Ni siquiera son dueños de su cuerpo o de su mente. No son más que herramientas de los yeerks, que sólo buscan el poder y la dominación.

<Ya lo sé>, respondí, aunque no estaba del todo convencido. Sin embargo, era reconfortante hablar con Rachel.

—Eres humano, Tobías —me dijo con gran delicadeza.

<Puede que sí. No lo sé. A veces me siento tan atrapado... Quisiera mover los dedos, pero no tengo ninguno. Me encantaría hablar en voz alta, pero este pico sólo sirve para clavarse y desgarrar.>

Rachel estaba al borde de las lágrimas y eso me entristecía, porque no es de las que se echa a llorar por cualquier cosa.

<Bueno, da igual. Por cierto, siento haberte estropeado la función el otro día, en el centro comercial.>

Ella sonrió.

—¿Qué dices? Me hiciste un favor. Apareciste en el preciso momento en que empezaba mi actuación, y ya sabes que no soporto ese tipo de actuaciones. Gracias a ti terminó antes de comenzar.

Me reí en silencio.

<Ya me lo imagino. Espero que los trozos de vidrio no hayan herido a nadie.>

—No, nadie se hizo daño, tranquilo. Pero ¿qué hubieras hecho si Marco no llega a dar en el blanco? Te hubieras dado un buen golpe contra el cristal.

No supe qué contestar.

Rachel se acercó a mí y me acarició las plumas de la cabeza. Aquel gesto inquietó al ratonero, pero, al mismo tiempo, la sensación era la misma que sentía cuando se arreglan las plumas con el pico, que es una actividad bastante placentera.

—¿Recuerdas lo que te dije el otro día, Tobías? No estás perdido mientras nos tengas a Jake, a Cassie y a mí. Incluso a Marco. Cuando más lo necesitabas, no te falló. Somos tus amigos. No estás solo.

Me hubiera echado a llorar, pero los ratoneros no pueden hacerlo.

—Algún día, los andalitas volverán...

<Algún día —repetí yo, intentando aparentar confianza—. Bueno, será mejor que vaya a ver a Jake. En teoría, la misión empieza mañana.>

—No tenemos por qué seguir adelante.

<Sí que tenemos —repuse yo—. Ahora más que nunca. Recuerda... en todo el mundo hay miles de seres humanos atrapados en cuerpos controlados por los yeerks. Atrapados, sin posibilidad de escapar. Ahora sé cómo se sienten, Rachel. Quizá yo tampoco consiga escapar nunca y me quede atrapado para siempre. Pero si logramos liberar a algunas de esas personas... no sé. Tal vez eso me haga sentir más humano.>

CAPÍTULO 18

Al día siguiente pusimos en práctica nuestro plan. Yo vigilaba los movimientos de aquellos cuatro lobos grises desde el cielo. Habíamos calculado llegar al lugar por la mañana temprano, muchas horas antes de que los yeerks aparecieran para seguir con su tarea de cazar intrusos.

<A ver si lo entiendo, Tobías —dijo Marco—. Nos llevas a la cueva de un oso. ¿De un oso pardo, quizás? Y se supone que tenemos que estarte agradecidos.>

<Olvídate de los osos pardos —interrumpió Cassie—. No hay ni uno en esta zona. Lo que sí hay son osos negros, que son mucho más pequeños.>

<Qué bien. No sabes el peso que me quitas de encima. Sólo es la cueva de un osito.>

<Hace tiempo que los osos se fueron de aquí —le expliqué—. En los alrededores sólo quedan unos pocos y ahora mismo la cueva está vacía. Confía en mí. Ayer fui a echarle un vistazo y los únicos que entran y salen de allí son los mapaches y las mofetas. Te aseguro que jamás se les ocurriría aparecer por allí si hubiera osos cerca.>

<Perdona, Jake. ¿Tobías ha pronunciado la palabra "mofeta"? Debo de haber oído mal, porque sólo un tonto pensaría que convivir con una mofeta es buena idea.>

<No vamos a convivir con ellas>, contestó Jake paciente.

<Las mofetas no viven en la cueva —aclaré yo—. Sólo se meten allí para esconderse de los depredadores.>

No tuve que añadir nada más. Imagino que todos adivinaron por qué yo sabía tanto de aquel tema.

<Miren, está cerca del lago, pero dudo que los yeerks la hayan visto —proseguí—. Lo siento, chicos, no pude reservarles habitación en el Hilton porque resulta que no hay ninguno en las proximidades.>

<¿Significa eso que tampoco vamos a tener servicio de habitaciones? —preguntó Marco—.

Bueno, si al menos hay antena parabólica ya me conformo. Me han dicho que esta noche dan una película de marcianos estupenda.>

Yo iba cargando una pequeña bolsa de nylon confeccionada por Rachel. El hilo era de color tostado, para evitar que cualquier posible observador se preguntara qué hacía un ratonero de cola roja con equipaje.

Dentro de la bolsa había un reloj que pesaba poco, algunos anzuelos de pescar, un trozo de sedal y una pequeña linterna. Todo junto, no superaría los cincuenta gramos, pero era suficiente para obligarme a ir más despacio.

Cuando llegamos a la cueva, aún quedaba mucho margen de tiempo.

<¡Oh! ¡Qué maravilla!>, exclamó Marco al ver los arbustos llenos de espinas que crecían alrededor de la entrada a la cueva.

<Bueno, la verdad es que nunca he estado dentro>, confesé.

Me posé frente a la cueva. La entrada no tendría más de sesenta centímetros de ancho por ciento veinte de alto. Con aquellos ágiles cuerpos de lobo, a Jake y a Rachel no les supondría ningún esfuerzo saltar entre los matorrales. Y, a no ser que hubiera un oso dentro, darle un susto de muerte a cualquier otro inquilino desprevenido.

<Está vacía —informó Rachel—. Aquí no hay más que un par de arañas y un ratón asustado.>

Decidí hacer un chiste.

<Dile que salga, que tengo hambre.>

El único que se rió fue Marco. Los demás reaccionaron como si acabara de decir un disparate, y posiblemente tenían razón.

<Será mejor que recuperemos nuestro aspecto humano —sugirió Marco—. Con lo de la otra vez ya tuve bastante.>

<Iré a echar un vistazo>, dije.

Había veces en las que no me gustaba estar presente cuando se transformaban.

Al cabo de unos minutos, salieron todos. Como siempre, Marco venía quejándose.

—Tendremos que inventar algo para solucionar lo de los zapatos —refunfuñó—. Las espinas no se llevan bien con los pies descalzos.

Los cuatro iban descalzos y sólo llevaban los únicos atuendos compatibles con la realización de una metamorfosis: maillots en el caso de las chicas, y pantalones de ciclista y camiseta ceñida para Jake y Marco.

—Necesitamos un poco de leña —afirmó Jake, con los brazos en jarras—. No vendría mal calentar la cueva antes de que lleguen los yeerks.

—¿No es divertido ver a Jake haciendo de

jefe? —bromeó Rachel con intención de tomarle el pelo.

—Lo único que pretendo es que nos organicemos un poco —respondió Jake a la defensiva.

—Será mejor que nos vayamos de pesca —intervino Cassie—. Si no atrapamos un pez, todo habrá sido inútil.

El plan consistía en convertirse en peces con el objeto de introducirnos en la nave yeerk a través de las tuberías del agua. Pero, para poder transformarse en algo, primero hay que "adquirirlo", es decir, tocarlo.

—Eso no será difícil —contestó Jake en tono confiado.

—¿Ah, no? —replicó Cassie desafiante—. ¿Cuántas veces has ido a pescar?

—¿Contando ésta? Una —respondió Jake riendo.

Cassie puso los ojos en blanco.

—El típico niño de ciudad —le reprochó en tono cariñoso—. Pues no es tan fácil.

<Entonces será mejor que pongan manos a la obra cuanto antes —les recomendé—. Mientras tanto, iré a hacer un reconocimiento por los alrededores.>

—Ten mucho cuidado, Tobías —gritó Rachel al verme alzar el vuelo.

Desde lo alto, vi cómo sus intentos por convencer a un pez de que mordiera el anzuelo fracasaban una y otra vez.

Quizá parezca una tontería, pero lo cierto es que todo nuestro plan dependía de ese pez. El tiempo corría. El día avanzaba y todavía no habíamos conseguido pescar nada.

Jake empezaba a ponerse nervioso y Rachel parecía al borde de la histeria. En cuanto a Marco... mejor será olvidarlo.

—¡Esto es ridículo! —protestaba lleno de ira—. Somos cuatro, es decir, cinco, seres humanos inteligentes y resulta que no somos capaces ni de engañar a un animalito que probablemente tiene un coeficiente de cuatro sobre cien.

Cassie era la única que permanecía tranquila.

—La pesca es una cuestión de habilidad y suerte —dijo—. El pescador inteligente no debe dejarse vencer por la frustración.

Jake miró el pequeño reloj que habíamos traído.

—Si todo sale como pensábamos, los yeerks estarán aquí dentro de una hora para limpiar el área.

Rachel asintió.

—Incluso aunque atrapáramos un pez ahora, no tendríamos tiempo de probar la transformación.

<Quizá deberíamos dejarlo para otro día

—opiné yo—. Yo también creo que tendrían que practicar la metamorfosis primero. Ya saben lo difícil que es al principio.>

Jake negó con la cabeza decidido.

—Me parece que no va a ser posible. Habría que esperar un día más y yo mañana no puedo porque he hecho planes con mis padres. A Marco le pasa igual. Eso significa que tendríamos que posponerlo una semana entera.

<Pues lo hacemos y en paz. ¿Por qué tanta prisa?>

—Porque los yeerks no van a estar viniendo al mismo lago toda la vida. Si continúan viniendo aquí, tarde o temprano bajará el nivel del agua. Utilizarán un lago durante un tiempo, luego buscarán otro, y así sucesivamente. Tardaríamos una eternidad en averiguar cuál será el siguiente.

Era un argumento de peso, pero no contribuyó a que me sintiera mejor.

<Éste sería el primer animal acuático en el que se transformarían. No sabemos lo que puede suceder.>

—Mira, Tobías —contestó Jake tajante—. Ya sé que ésta no es la situación ideal.

—¡Ah! —gritó Cassie, mientras tiraba del sedal que tenía sujeto—. Creo que ya está aquí.

Sólo tardamos unos segundos en sacar al pez del agua.

—Es una trucha —afirmó, mientras contemplaba cómo el animal daba coletazos en la orilla. Tenía el anzuelo atravesado en la boca. No era muy grande, mediría unos veinticinco centímetros de largo.

Los cuatro se quedaron mirándolo sin pestañear.

—¿Y ustedes pretenden que me convierta en esa cosa? —preguntó Marco.

—Es sólo un pez —replicó Cassie—. ¿Qué esperabas?

Marco se encogió de hombros.

—No lo sé. Alguno de esos que salían en *Tiburón*, por ejemplo. Esto no es más que un pescado. Quiero decir que también sería buena idea limpiarlo, echarle jugo de limón y comerlo acompañado de papas fritas.

Los otros se volvieron hacia él y lo fulminaron con la mirada.

Cassie introdujo la mano en el agua y sacó aquella cosa resbaladiza de color grisáceo. Luego se concentró y, con los ojos semicerrados, inició el proceso de adquisición. De aquella forma, el ADN del pez era absorbido por el cuerpo de Cassie.

Aquél era el regalo y la maldición del andalita: el poder de la transformación.

CAPÍTULO 19

<Este plan no me gusta nada>, protesté yo. Jake me miró sorprendido.

—Pero Tobías, si has estado de acuerdo desde el principio.

<¿No se dan cuenta de lo peligroso que puede llegar a ser?>

—Yo sí me doy cuenta —respondió Marco—. Me doy perfecta cuenta. Pero creía que eras el terror de los yeerks, y ahora resulta que tienes miedo.

<No me da miedo lo que pueda ocurrirme a mí —le expliqué—. Pero mientras yo estoy a salvo volando allá arriba, ustedes tendrán que subir a esa nave.>

Cassie hizo un gesto afirmativo con la cabeza.

—Resulta difícil quedarse al margen cuando otra persona está arriesgando la vida —comentó—. Sé cómo te sientes, pero muchas veces te ha tocado a ti correr riesgos.

—Miren, éste no es momento para discusiones —afirmó Jake—. Tenemos un plan con el que todos estábamos de acuerdo. Hay que seguir adelante con él antes de que aparezcan los yeerks.

Jake se irrita cuando alguien pone en duda algo ya decidido. Casi siempre es Marco el encargado de sacarlo de quicio.

—Todo irá bien —afirmó Rachel con seguridad.

Y, seguidamente, agarró el pez con la mano. Como era habitual durante el proceso de adquisición, el animal pareció quedarse inconsciente.

De repente, no pude seguir mirando. Durante unos instantes recordé cómo habían sufrido para dejar de ser lobos. ¿Qué pasaría si se quedaban atrapados en el cuerpo de un pez?

Ninguno de ellos entendía lo que significaba estar prisionero. Sí, sabían que me había ocurrido a mí, pero los humanos nos comportamos de un modo muy peculiar; nunca creemos que lo malo vaya a sucedernos a nosotros. Yo sabía muy bien que estaban equivocados.

¿Qué se sentiría teniendo que vivir siempre como un pez? Me sentía enfermo sólo de pensarlo. Pasar el resto de tu vida en el cuerpo de un pez. Comparado con eso, ser un ratonero era una maravilla.

<Voy a echar una ojeada por ahí arriba para ver si viene alguien>, anuncié.

Aprovechando la brisa ligera que soplaba, batí las alas con fuerza y me elevé a toda prisa por entre las copas de los árboles.

No era tarea fácil ganar altitud suficiente para disfrutar de una vista panorámica de la zona. Aunque no había ni gota de aire, me alegré de tener que realizar aquel esfuerzo tan duro. Me servía de distracción y así no pensaba en lo que sería de mí si los únicos amigos que tenía en el mundo se quedaban encerrados en el cuerpo de un pez y se veían condenados a vivir en un lago de montaña el resto de sus vidas.

Si no se hubiera tratado de algo tan serio, me habría echado a reír. Porque, vamos a ver, ¿conocen a alguien que esté preocupado porque sus amigos puedan convertirse en peces?

Sin duda las cosas se habían complicado mucho desde la noche en que vimos aterrizar al andalita en aquel terreno abandonado.

Volé en círculo mientras me iba distanciando del suelo para poder ver mejor el lago y sus alrededores. No había ni rastro de los guardas forestales. Todavía. Me pregunté si Jake no estaría en lo cierto y los yeerks ya se habrían marchado a otro lago. Tal vez sí. Entonces, un poco más abajo, vi que en una rama estaba... el ratonero, aquel ratonero hembra que había librado del cautiverio.

Ella también me miraba. Sus ojos no perdían de vista ninguno de mis movimientos. Sabía que, en parte, se debía a que me encontraba en sus dominios, y los ratoneros son muy celosos en la vigilancia de su territorio, no permiten que lo invadan desconocidos que pueden quitarles las mejores presas.

Sin embargo, tenía la sensación de que había algo más. Quería que me fuera con ella. No sé cómo lo supe, pero así era, quería que volara hacia el lugar donde se encontraba.

Algunos creen que los ratoneros se aparean durante un periodo concreto del año mientras que otros piensan que las parejas son de por vida. Yo sigo sin saber la respuesta correcta.

Lo que sí tenía muy claro es que era muy joven todavía para formar una familia, y mucho menos con un ratonero.

Y, a pesar de todo, no podía evitar aquella sensación de que... de que mi sitio estaba junto a ella.

Decidí desviar la mirada. ¡Qué ganas tenía de que aquella misión acabara y ya no tuviese que invadir su territorio nunca más! Cada vez que la veía, me sentía confundido.

¡De pronto algo se movió!

Me había distraído.

¡Se acercaban camiones y jeeps! Debían de estar a menos de un kilómetro y medio y bajaban por la carretera cada vez más deprisa.

Busqué a mis amigos desesperado. ¡Allí estaban! Batí las alas contra el viento que soplaba desde abajo y me lancé en picado hacia ellos.

<¡Ya vienen! —grité—. ¡Regresen a la cueva!>

Me hicieron caso. Sin embargo, meterse allí dentro no era fácil para un ser humano. La piel de lobo los habría protegido mejor de los arañazos y desgarrones causados por la maleza.

En aquel momento llegó hasta nosotros el sonido de unas hélices.

¡Eran helicópteros! Volaban tan bajo que rozaban las copas de los árboles.

Se acercaban a toda prisa y mis amigos aún no habían conseguido entrar en la cueva. Un helicóptero se dirigía en línea recta hacia ellos.

"Dios mío", pensé.

Aprovechando la velocidad que había adquirido en el descenso, aleteé con todas mis fuerzas y me dirigí hacia él.

Vi al piloto: era un controlador humano. A su lado se sentaba un hork-bajir.

¡Me lancé derecho hacia ellos!

El helicóptero se desplazaba por lo menos a ciento treinta kilómetros por hora. Yo iba algo más despacio. La distancia que me separaba del parabrisas iba reduciéndose por momentos.

¡Y no parecían tener intención de detenerse!

CAPÍTULO 20

El sonido de los rotores se hacía insoportable por momentos.

¡No pensaban detenerse! Iban a embestirme.

Pero, de pronto, el piloto parpadeó y dio un tirón a la palanca de control.

Giré a la derecha.

El helicóptero giró a la izquierda y pasó junto a mí como una exhalación.

Los rotores formaron tras de sí una corriente de absorción que me obligó a dar varias vueltas de campana.

Empecé a caer boca abajo. Entonces plegué las alas, ajusté las plumas de la cola y me di vuelta. Luego abrí de nuevo las alas y me elevé sin problema entre las copas de los árboles.

Me incliné levemente hacia la izquierda y pronto me encontré sobrevolando la cueva. Rachel fue la última en entrar. Todavía resultaba perfectamente visible, así que, casi seguro, el helicóptero hubiera detectado su presencia de inmediato.

No la perdí de vista hasta convencerme de que estaba a salvo.

<Muy bien, chicos. Creo que no los ha visto nadie. Ahora, relájense hasta que les avise.>

Por supuesto, no podían contestarme. Todavía eran humanos, lo que significa que eran capaces de oírme por telepatía, pero no de comunicarse conmigo por medio de ella.

Los yeerks repitieron la rutina de siempre. Los falsos guardas forestales se desplegaron con las armas en las manos por las proximidades del lago y los helicópteros sobrevolaron la zona hasta asegurarse de que no había nadie observándolos.

Luego aterrizaron y numerosos hork-bajir saltaron a tierra. Se movían con más precauciones que de costumbre. Quizá Visser Tres les había sermoneado bien, después de lo sucedido con el fugitivo del día anterior.

Y es mejor no enojar a Visser.

De repente, volví a notar aquella sensación, aquel vacío. La impresión de que algo monstruosamente grande atravesaba el aire muy despacio.

Algo que estaba encima de mí.

Poco a poco se fue haciendo visible, y, a medida que cobraba forma, empezó a brillar, como si en realidad se tratara de un truco de magia.

Costaba trabajo acostumbrarse al tamaño de aquella cosa gigantesca. Daba la sensación de que alguien había colgado una pequeña luna sobre tu cabeza.

Salí de allí debajo a toda prisa y me dirigí de nuevo a la cueva.

<Está aquí>, anuncié.

Como de costumbre, la nave de carga venía escoltada por una unidad de cazas-insecto. Sólo que esta vez, los cazas no eran dos, sino cuatro. No cabía duda de que los yeerks se habían puesto muy nerviosos.

Dos vehículos siguieron patrullando la zona, mientras los otros aterrizaban junto a los helicópteros.

¿Por qué tantas precauciones? ¿A qué se debían aquellos refuerzos? ¿Era por el tipo al que había ayudado a escapar?

El carguero permanecía suspendido en el aire. Entonces me di cuenta de que había algo más sobre él. Claro, ¡se trataba de otra nave camuflada!

No era tan grande como su compañera, pero, al advertir su presencia, sentí un terror ya conocido.

Cuando desconectaron el sistema de camuflaje, la nave apareció ante mis ojos.

Era completamente negra. Estaba dotada de un arpón que apuntaba hacia delante y una serie de cuchillas que cubrían sus bordes. No era la primera vez que la tenía delante. ¡Era la nave-espada! La había visto por primera vez en el terreno abandonado donde el andalita había sido asesinado entre gritos de agonía.

Aquélla era la prueba definitiva de que los yeerks no las tenían todas consigo.

La nave-espada descendió sobre el área de aterrizaje. En el suelo, la actividad era frenética: los hork-bajir y los guardas forestales iban de un lado a otro, peinando el bosque como si les fuera la vida en ello.

¡CHIUUUNNNG!

Alguien sacó una pistola de rayos dragón y alcanzó a un ciervo en pleno salto. Del cuerpo del animal salió un chisporroteo y luego éste desapareció. Los yeerks disparaban contra cualquier cosa que se moviera.

Se abrieron las puertas de la nave-espada y de ella salió un destacamento armado de hork-bajirs. Seguidamente, bajaron un par de taxxonitas temblorosos que deslizaban sus enormes y ondulantes cuerpos de oruga sobre una miríada de patas finísimas.

Por último apareció él, con sus delicadas pezuñas de caballo y aquel aguijón mortífero que recordaba al de un escorpión. Allí estaban también aquella cara desprovista de boca, aquellas manos con más dedos de lo normal y los dos ojos móviles, situados en el extremo de una especie de cuernos, que no cesaban de moverse en todas las direcciones para que los grandes ojos principales enfocaran una cosa distinta cada vez.

Un cuerpo andalita.

Pero no una mente andalita. Porque dentro de aquel cuerpo vivía un yeerk. Era el único controlador andalita de la galaxia, ya que sólo un yeerk había conseguido esclavizar a un miembro de aquella raza y utilizar en su propio beneficio el poder de la metamorfosis.

Atravesé de nuevo el bosque y esperé hasta que la patrulla de hork-bajir hubiera dejado atrás la cueva en la que se escondían mis amigos.

Cuando me hube cerciorado de que nadie me veía, volé hacia ella y penetré en su interior rozando con las alas los arbustos de la entrada.

—¿Tobías? ¿Eres tú? —susurró Jake.

<Sí.>

—¿Qué haces aquí? Esto no es lo que acordamos.

<No pueden seguir con el plan. Él está aquí.>

Nadie preguntó de quién se trataba. Por el tono que empleé, adivinaron la respuesta en seguida.

Él estaba allí.

Era Visser Tres.

CAPÍTULO 21

—¿Qué hace aquí? —preguntó Cassie con un murmullo tembloroso.

<Creo que ha venido a supervisar la operación. Quizá sea por lo del tipo al que dejaron escapar.>

—Lo que pretende es meterles el miedo en el cuerpo a sus muchachos —replicó Marco haciéndose el duro—. Lo echaron todo a perder y no va a permitir que eso vuelva a ocurrir.

<No importa por qué está aquí —señalé yo—. Lo cierto es que está. Hay más hork-bajir que en otras ocasiones y a la tripulación se la ve muy nerviosa. Uno de los hork-bajir sacó la pistola de rayos dragón y achicharró a un pobre ciervo que pasaba por allí.>

—¿Un ciervo? —gritó Cassie—. Malditos idiotas. Los ciervos son inofensivos.

<El plan era que se metieran en el lago sin ser vistos, se trasformaran y buscaran luego la toma de agua —les recordé—. Antes era un plan arriesgado; ahora es suicida. No pueden ir hasta el lago para convertirse en peces. Esos tipos están en alerta roja.>

—Y menos aún con Visser Tres merodeando por allí —asintió Marco.

—No estoy de acuerdo —protestó Rachel—. Creo que todavía podemos poner el plan en marcha. Miren, si lo conseguimos, si logramos introducirnos en la nave y desactivar el mecanismo de camuflaje mientras sobrevolamos la ciudad... todo habrá acabado.

Jake acudió en su ayuda.

—Nos hemos devanado los sesos buscando un modo de mostrarle al mundo lo que estaba pasando... pues bien, aquí lo tenemos. Los controladores no podrán justificar algo así. No me importa quiénes sean: el alcalde, el gobernador o todo el cuerpo de policía. Ni siquiera ellos serían capaces de seguir ocultando la verdad.

<Jake, no has escuchado ni una palabra de lo que acabo de decir. Les advierto: no hay forma humana de llegar al lago. ¡Los matarán antes de dar un paso!>

Durante unos momentos nadie habló. Fue Cassie quien finalmente rompió el silencio.

—Puede que exista una manera —comenzó—. Un pez puede sobrevivir un par de minutos fuera del agua. Y el pez en el que queremos convertirnos es pequeño. —Luego me miró—. Lo suficiente para que un ratonero de cola roja lo lleve hasta donde sea.

Bueno, una cosa hay que reconocer: la idea era lo bastante descabellada como para atraer la atención de todo el grupo.

—Perdona —la interrumpió Marco casi gritando—. ¿Qué sugieres? ¿Que me convierta, ya no en un simple pez, sino en un pez fuera del agua, para que un pajarraco me lleve volando por los aires?

—Lo único que digo es que podría funcionar —repuso Cassie mordiéndose el labio.

—Yo voto que sí —contestó Jake. Él y Rachel intercambiaron una mirada un tanto desquiciada, que decía: "¡Muy bien, manos a la obra!".

<Ni hablar —objeté yo—. No quisiera ofenderlos, pero se han vuelto locos. Eso no haría sino aumentar aún más el riesgo de toda la operación.>

—Sé que es peligroso —le replicó Jake—. Pero puede que una oportunidad así no se vuelva a presentar jamás.

Marco protestó todo lo que pudo y yo me

opuse terminantemente al plan, pero al final éramos tres contra dos. Por otra parte, Jake tenía razón, había una posibilidad de acabar de una vez por todas con los yeerks.

Yo había visto a Marco convertirse en gorila; a Rachel, en elefante, musaraña y gato; a Cassie, en caballo y a Jake en tigre y en pulga, ¡vamos, aquello sí que fue un número!, sin embargo, nunca antes nos habíamos transformado en un animal acuático.

Cassie insistió en ser la primera en probarlo.

—Fue idea mía —indicó. Debería haber añadido que ella era también la que mejor dominaba la técnica de la metamorfosis.

—Si notas que te asfixias, regresa de inmediato a tu estado normal —le dijo Jake tomándole la mano—. ¿Me estás escuchando? Si ves que algo va mal, abandona enseguida ese cuerpo. No puedes desmayarte sin que la conversión se haya completado.

—Lo haré. No te preocupes por mí —contestó Cassie con una sonrisa. Luego cerró los ojos y empezó a concentrarse.

Como ya he dicho, Cassie es la que mejor realiza el proceso de transformación. Tiene un talento especial. Hace de la metamorfosis un arte, y no una chapuza como nosotros.

Sin embargo, aquella vez no fue así.

Mientras la miraba, le desapareció todo el

pelo y la piel se le endureció como si acabaran de darle una capa de barniz o si la hubiesen cubierto de plástico transparente.

Sus ojos se desplazaron hasta situarse a ambos lados de la cabeza, y en la cara le brotó una boca protuberante que no cesaba de abrirse y cerrarse como si estuviera haciendo pompas invisibles.

Al tiempo que esto sucedía, iba encogiendo, pero no lo bastante deprisa para ahorrarnos a los demás los cambios espeluznantes que experimentaba su cuerpo. Y así presenciamos cómo, por ejemplo, sus piernas se iban arrugando y haciéndose más y más pequeñas y gradualmente aquel cuerpo desprovisto de extremidades fue cayendo al suelo.

Ante los gritos de asombro de Rachel, el extremo inferior del lomo de Cassie se alargó y en él apareció una cola. Una cola de pez. Luego, la piel barnizada se resquebrajó y se dividió en un millón de escamas.

No tenía ya orejas y los brazos se le habían atrofiado casi por completo. Se había convertido en un pequeño monstruo de no más de medio metro de largo que yacía indefenso sobre el suelo de la cueva.

<Por ahora estoy bien —nos informó, pero, en nuestras mentes, su voz sonó temblorosa—. Todavía respiro... con los pulmones.>

144

Y entonces, en aquel preciso momento, aparecieron dos ranuras en su cuello.

Eran las agallas.

<¡Aaaah!>, gritó.

—¡Cassie, abandona ese cuerpo! —le ordenó Jake en un susurro.

<No. No. Casi he acabado. Tobías...>

<Estoy listo>, contesté con seriedad.

Era muy pequeña. No llegaría a los treinta centímetros de largo. Todo lo que quedaba de su antiguo cuerpo eran dos manitas de muñeca que al cabo de unos instantes se transformaron en aletas.

Cassie empezó a dar coletazos frenéticos, mientras boqueaba intentando respirar.

—¡Adelante! —ordenó Jake.

Con mucha delicadeza, cerré las garras alrededor del cuerpo de Cassie, que no paraba de retorcerse y, batiendo con furia las alas, me dirigí hacia la estrecha franja de cielo que se divisaba a través de la entrada.

<¿Te encuentras bien, Cassie?>, le pregunté cuando salimos al aire libre.

<La mente del pez... tiene miedo... agua. ¡Agua, pronto!>

<Aguanta. Ya has pasado por esto antes. Ya sabes que siempre ocurre lo mismo la primera vez que pruebas un animal nuevo. Tienes que dominar los instintos del pez.>

<¡Agua! ¡Agua! ¡No puedo respirar!>

Me hallaba a unos tres metros del suelo. Faltaba muy poco para llegar a la orilla del lago. Entonces, de forma inesperada, apareció aquel hork-bajir por debajo de nosotros.

El alienígena alzó la vista y me vio: un ave con un pez en las garras.

Me pregunté si se daría cuenta de que los ratoneros de cola roja no se alimentan de pescado. Esperaba que no.

Descendí en picado hacia la superficie del lago. La gigantesca nave yeerk se disponía a introducir los tubos de aprovisionamiento en el agua, así que opté por esconderme detrás de unos árboles que había junto a la orilla.

<¡Prepárate!>, ordené a Cassie, y seguidamente la dejé caer como una bomba lanzada por un avión de la Segunda Guerra Mundial.

Apenas hizo ruido al entrar en el agua.

<¿Estás bien?>

No hubo respuesta.

<¡Cassie! Te he preguntado si estás bien.>

<S-s-sí —contestó por fin—. Estoy aquí.>

<¿Has conseguido controlar el cerebro del pez?>

Otra vez silencio. Luego, para mi tranquilidad, exclamó:

<¡Sí! ¡Esto es fantástico! ¡Estoy debajo del agua!>

<Pues claro que estás debajo del agua, ¿qué te creías?>, comenté yo, riéndome.

<Estaba muy asustada —confesó—. Pensarás que estoy loca, pero ya me veía pasada por la sartén, con una rodaja de limón y un poco de salsa tártara.>

CAPÍTULO 22

Jake fue el siguiente. Se transformó y sobrevolé con él las cabezas de dos guardas forestales que continuaron patrullando sin reparar siquiera en mi presencia.

Luego le tocó el turno a Marco. Al salir de la cueva, estuve a punto de estrellarme contra un enorme hork-bajir que tampoco me prestó atención.

El plan de Cassie parecía funcionar a las mil maravillas. Incluso en una situación de alerta máxima, a los controladores ni se les pasaba por la cabeza que el enemigo pudiera adoptar la forma de un ave con un pez en las garras.

Cuando regresé a la cueva la única que quedaba era Rachel.

\<Por el momento todo marcha bien\>, le expliqué.

—Sí. Eso parece.

\<¿Estás nerviosa?\>

—Pues claro, estaría loca si no. Bueno, vamos allá.

Dicho eso, comenzó a transformarse. Yo había presenciado tres veces aquella metamorfosis y, por lo tanto, ya no me causaba ninguna impresión. Aunque seguía siendo horrible ver a un amigo, a alguien a quien aprecias, retorcerse, deformarse y mutar ante tus propios ojos.

Creo que ninguno de nosotros llegará a acostumbrarse jamás. Puede que los andalitas sí lo hayan conseguido. No sé, pero apostaría cualquier cosa a que, cuando tienen que hacerlo, también les entra un sudor frío. Volví la cabeza hacia otro lado para no ver el extraño y espantoso aspecto que Rachel iba cobrando.

La conversión estaba a punto de concluir cuando ocurrió lo que más nos temíamos. Oí unos ruidos y me di cuenta de que alguien se abría paso a través de los arbustos que rodeaban la entrada de la cueva con la intención de penetrar en su interior.

—*Heffrach neeth* allí.

¡Era un hork-bajir!

—Sí, ya lo veo —gruñó una voz humana—. Los humanos no son ciegos, ¿sabes? A ver si crees que eres algo especial sólo porque eres un hork-bajir. Anda, utiliza tus cuchillas para quitar de en medio unos cuantos arbustos.

Entonces oí el sonido de machetes cortando a gran velocidad espinos y enredaderas.

—Ojalá no encontremos nada ahí dentro —dijo el controlador humano—. Visser haría contigo lo mismo que hizo ayer con ese infeliz que dejó escapar al humano.

Miré a Rachel. Era demasiado tarde para invertir el proceso de conversión.

<¿Qué sucede?>, preguntó.

<¡Yeerks! Hay un controlador humano y un hork-bajir ahí fuera.>

—Entra *fergutth vir* ese cuerpo enclenque que tienes. Ja, Ja.

—Eres tú quien debía explorar este sector. Ni siquiera te fijaste en que había una cueva. ¡Si sigues metiéndote conmigo, yo mismo se lo diré a quien tú ya sabes!

—Él te *gulferch* a ti y se comerá tu *lulcath*. Ja, ja.

De pronto, una cabeza y unos hombros asomaron por la entrada. El humano llevaba un uniforme de guarda forestal.

<¡Tenemos que salir de la cueva! —le grité a Rachel—. ¡Ya están aquí!>

Agarré a Rachel, que ya había acabado el proceso de transformación, pero el controlador humano bloqueaba la estrecha abertura de salida.

<Bueno —pensé—, si funcionó con el helicóptero...>

Batí con furia las alas y me abalancé a la cara del controlador.

—¿Qué diablos...? —Cayó hacia atrás dando puñetazos en el aire mientras pasábamos por su lado casi rozándolo.

A escasos centímetros de mi cola, el horkbajir blandía en el aire las cuchillas de sus muñecas. Pero fue en vano, yo ya había ganado altura y velocidad, aunque aquella vez me resultaba más difícil que las anteriores. El peso de un pez es más de lo que un ratonero de cola roja puede resistir. Y yo ya había llevado a tres. Estaba cansado.

Por suerte también estaba asustado y, a menudo, el miedo te da fuerzas para continuar.

¡SHIUUUUNNNG! ¡Un rayo dragón atravesó el aire y siguió su curso ascendente!

Por desgracia para el hork-bajir que había disparado, el rayo no se detuvo, sino que fue a dar en la parte inferior de la gigantesca nave de carga y le hizo un pequeño agujero en el fuselaje.

Era demasiado pequeño para prestarle importancia, pero bastó para que el hork-bajir perdiera todo su interés por mí.

—¡Estúpido! —gritó el controlador humano—. ¡Visser Tres comerá tu cabeza en la cena!

El miedo les hizo olvidarse de todo lo demás, y aproveché para arrojar a Rachel al agua junto a los demás.

<Buen trabajo, Tobías —me felicitó Jake—. Ten cuidado ahí arriba, amigo.>

<Ustedes también —contesté yo—. Buena suerte, chicos.>

Apenas los distinguía: no eran más que un pequeño banco de peces nadando en la orilla de un lago.

Se adentraron en él hasta perderse en aguas más profundas.

Como ya he dicho, la comunicación telepática tiene ciertos límites, aunque todavía no los hemos descubierto. Yo quería estar lo más cerca posible de ellos por si me necesitaban. De todas formas no era mucho lo que podía hacer para ayudar a unos seres que vivían bajo el agua.

No me quedé mucho tiempo allí. Supuse que resultaría sospechoso para cualquiera que me viera desde la orilla. Era difícil decidir qué hacer. La monstruosa masa del carguero permanecía suspendida sobre mi cabeza, con lo cual la distancia existente entre el vehículo y la superficie del lago quedaba reducida a unos cuantos metros.

Opté por arriesgarme y eché a volar por debajo de la nave, prácticamente rozando con las alas el agua, oscurecida por la sombra del carguero, y al mismo tiempo el vientre metálico de éste.

Fue una travesía muy complicada. Apenas podía desviarme de la trayectoria trazada; como mucho, medio metro arriba o abajo.

<Chicos, ¿están bien?>

<¿Tobías? Parece increíble que todavía puedas comunicarte con nosotros con esa nave gigantesca de por medio>, comentó Rachel.

Supongo que debería haberle dicho la verdad, que me encontraba a pocos metros de ellos, pero entonces Jake se habría enfadado conmigo por correr riesgos innecesarios.

Calculé que, sumando el tiempo que habíamos necesitado para realizar todo el proceso de metamorfosis y llegar hasta el lago más el utilizado para localizar la toma de agua, Cassie llevaría poco más de media hora transformada, Jake, unos veinte minutos y Marco y Rachel todavía menos.

<¿Qué están haciendo ahora, chicos?>, pregunté.

<Estamos inspeccionando el extremo del tubo. La fuerza de succión es tremenda>, informó Rachel.

153

<Yo entraré primero y echaré un vistazo para ver qué hay ahí dentro —anunció Jake—. Ahí voy. ¡Ooooh! ¡Caramba! ¡Oooooh! ¡Ja, ja!>

<¡Jake! Jake, ¿estás bien?>, gritó Cassie.

<¡Ya lo creo! ¡Menuda corriente! Ojalá tuvieran un tobogán acuático parecido a éste en Los Jardines. Es como si un gigante te estuviera sorbiendo con una pajita.>

<¡Qué gracioso! —exclamó Rachel—. Ahora yo.>

<No, deja que primero eche una ojeada —dijo Jake—. Estoy en una especie de tanque. Es inmenso, aunque no demasiado profundo. Por lo menos de momento. Se está llenando. Con estos ojos de pez no veo muy bien lo que pasa fuera del agua, pero diría que hay una abertura en el techo. Una rejilla o algo por el estilo.>

<¿En el techo, dices? ¿Y cómo vamos a llegar hasta allí?>, preguntó Marco.

<Bueno, si llenan el tanque del todo, acabaremos por subir hasta ahí. Tendríamos que recuperar nuestro aspecto humano, salir de este depósito y de nuevo convertirnos, pero esta vez en algo más peligroso.>

<Perdonen un momento —intervino otra vez Marco—, pero ¿hay alguien más, aparte de mí, que se haya detenido a pensar si muchas de las cosas que aquí se plantean no son más propias de locos que de personas normales?>

<¿Te refieres a lo de convertirnos en peces, viajar en las garras de un ratonero y a ser arrastrados por el tubo de una nave extraterrestre para transformarnos luego en tigres, gorilas o lo que sea, y darles a esos repugnantes alienígenas lo que se merecen? —respondió Rachel—. ¿Es a eso a lo que te refieres?>

<Exactamente.>

<Pues sí —prosiguió Rachel—. La verdad es que es una locura.>

<Muy bien —repuso Marco—. Y ahora que todos sabemos que estamos chiflados, sigamos adelante.>

CAPÍTULO 23

No me quedaba más remedio que esperar. Esperar a que el nivel del agua subiera y llevara a mis amigos hasta el extremo superior de la cámara, donde estaba situada la rejilla.

Era imposible continuar con aquel vuelo raso por debajo de la nave. Me despedí de mis compañeros y me dirigí sin perder un minuto hacia el punto más alejado del carguero. El aire fresco resultó una bendición. Me dejé llevar por una fantástica corriente de aire creada por la propia nave, y ascendí hasta sobrepasar el techo de la misma.

En el suelo había guardas forestales pululando por todas partes. Los helicópteros y dos de los cazas-insecto continuaban estacionados en el claro del bosque, al igual que la nave-espada.

Los otros dos cazas patrullaban sin descanso a escasa distancia de las copas de los árboles.

Mientras contemplaba la escena, condujeron a presencia de Visser Tres al hork-bajir que había disparado su pistola de rayos dragón sin querer. La experiencia me decía que los hork-bajir eran máquinas de matar que no le temían a nada. Sin embargo, aquel hork-bajir en particular no parecía demasiado valiente y se derrumbó una vez que estuvo delante de Visser Tres. Casi me dio pena.

Aquélla era precisamente una de las cosas más terribles de la guerra que librábamos contra los yeerks. Verán, nuestros auténticos enemigos son los gusanos que se alojan en los cerebros de los controladores. Tal vez a aquel hork-bajir lo habían convertido en un controlador a la fuerza. Había perdido su libertad en beneficio del yeerk que habitaba su cabeza y, en aquel momento, estaba a punto de perder la vida por algo de lo que ni siquiera era responsable.

No oía lo que estaban diciendo allá abajo, pero no se me escapaba detalle de lo que pasaba. Mis ojos de ratonero están diseñados para captar las imágenes con asombrosa claridad.

Miré hacia otro lado. No voy a explicarles lo

que le sucedió al hork-bajir. Ese recuerdo pasará a formar parte de mi colección privada de pesadillas.

Cuando volví la cabeza de nuevo, el hork-bajir había desaparecido, y en su lugar había un enjambre de hork-bajir, taxxonitas y humanos que se habían apresurado a rodear a Visser Tres. Éste parecía furioso y señalaba hacia el cielo con insistencia.

Al cabo de unos instantes, los helicópteros despegaron. Por su parte, los cazas calentaron motores y los imitaron.

Por desgracia, no era difícil adivinar lo que había pasado: el infortunado hork-bajir habría hablado a Visser Tres del ratonero al que había disparado y algún otro controlador habría añadido: "Sí, yo también lo he visto; actuaba de un modo muy extraño". Entonces alguien habría comentado: "Eh, un momento, ¿no fue un ratonero el que distrajo ayer al hork-bajir y le facilitó la huida a aquel humano?".

Visser Tres habría atado cabos y habría llegado a la conclusión de que cuando un animal no se comporta de un modo habitual, sólo cabe una respuesta lógica: se trata de un andalita convertido en una criatura terrestre.

La verdad es que en cierto modo me halagaba que Visser Tres nos tomara por guerreros andalitas, aunque, en el fondo, daba igual lo que él creyera. Lo único importante en aquel momento era que había enviado a sus esbirros a explorar el cielo en busca de un ave falsa.

Y esa ave falsa era yo.

Un caza-insecto pasó rozando las copas de los árboles. Sus dos cañones gemelos no paraban de lanzar intensas ráfagas de luz abrasadora: los rayos dragón.

El corazón me empezó a latir con fuerza. ¡Estaban aniquilando a todos los pájaros que veían!

De repente me acordé del ratonero hembra. ¡Aquél era su territorio!

Entonces oí los rotores y, al girar, vi el helicóptero.

¡SHIUUUUNNNG!

El rayo dragón no dio en el blanco por muy poco. No tenía escapatoria. Los cazas y los helicópteros eran muchos y muy rápidos.

Pero había un lugar al que no se atreverían a apuntar sus cañones. Y mucho menos después de lo que Visser Tres le había hecho al malogrado hork-bajir.

Cerré las alas y me dejé caer. Caí, caí y caí en dirección a la nave de carga, que se extendía allí abajo como un prado de acero.

No tardaron en alcanzarme, pero, para entonces, yo ya estaba demasiado cerca del carguero y sus ángulos de tiro no les permitían disparar sin darle también a la nave.

Aterricé sobre la superficie de aquella enorme estructura suspendida en el aire y afiancé las garras en la fría y dura superficie metálica que se extendía en todas las direcciones, y cuyos bordes no alcanzaba a distinguir con la vista. Me sentía como si acabara de poner el pie sobre una luna de acero. Por encima de la nave, los helicópteros y cazas-insecto permanecían inmóviles. Los humanos y los taxxonitas tenían la vista clavada en mí.

Conocía bien aquella mirada. Era la del depredador al acecho de una presa.

Sólo que, aquella vez, la presa era yo.

CAPÍTULO 24

Las cosas se estaban poniendo feas. En el momento en que intentara levantar el vuelo, me fulminarían con sus cañones de rayos dragón.

Era una escena extraña e inquietante. Allí estaba yo, sobre aquella vasta llanura de metal, mientras se cernía sobre mí todo un enjambre de depredadores dispuestos a devorarme.

De repente la situación se complicó todavía más.

Apareció de improviso en mi campo visual. Flotando como una luna oscura, a unos treinta metros por encima del carguero, estaba la nave-espada de Visser Tres. Al verla, sentí que el poco valor que me quedaba huía de mí.

"Tobías —me dije—, de ésta no sales vivo."

Sin embargo, ninguno de ellos se movió. Poco a poco comprendí lo que ocurría: no sabían qué hacer conmigo. No podían dispararme sin darle a la nave.

<¡Andalita!>

La voz que retumbó dentro de mi mente me hizo tambalear.

Estuve a punto de echar a volar de puro miedo.

Nunca antes se había dirigido a mí directamente. Era una voz tan poderosa, tan segura, que casi te empujaba a obedecerla. Sólo su sonido bastaba para que te dominara el pánico y te echaras a temblar, porque era la voz del terror, de la destrucción.

<Andalita. Bobo. ¿Crees que no sé quién eres? Si fueras un ave de verdad habrías levantado el vuelo.>

"¡No digas nada! —me ordené a mí mismo—. ¡Nada en absoluto!". Si le contestaba, no tardaría en descubrir que era un humano. Y no pensaba facilitarle las cosas.

Cerré mi mente a cal y canto, pero no pude evitar que aquella voz tenebrosa volviera a resonar en mi cerebro.

<Entrégate, andalita, te prometo que si me dices dónde están los otros, te daré una muerte rápida y sin dolor.

Había visto lo que Visser Tres había hecho al

pobre hork-bajir que lo había contrariado. El recuerdo estaba fresco en mi memoria.

<Como prefieras, andalita. Soy muy paciente. Esperaré cuanto sea necesario. Y entonces morirás. De un modo rápido, con una simple descarga de rayos dragón. Aunque, si logramos atraparte, quizá decida darte muerte en mi nave, de una forma lenta, mucho más lenta.>

En aquel preciso instante, oí otra voz en mi mente. Era una voz distinta, muy débil, que parecía proceder de un lugar muy lejano.

<¿Tobías? Tobías, ¿me oyes?>

¡Era Rachel!

<¡Sí, te oigo!>

<¡Tobías! ¡Estamos atrapados! El tanque está lleno, pero la rejilla no se abre. Cassie y Jake ya han recuperado su forma humana, pero no pueden abrirla. ¡Estamos encerrados aquí dentro!>

<¡Rachel! ¿Qué... qué puedo hacer?>

<¡No podemos salir! —gritó Rachel—. Escúchame, Tobías. Estamos atrapados. No hay forma de escapar de aquí. La nave despegará pronto. Nos descubrirán en cuanto lleguen a la nave nodriza y descarguen el agua. ¿Tobías? No... no queremos que nos apresen vivos.>

La sangre se me heló en las venas y la cabeza empezó a darme vueltas.

<¿De qué estás hablando?>

<Escucha, Tobías, ¡no vamos a dejar que nos

capturen vivos! ¿Entiendes lo que quiero decir? Si hay algo que puedas hacer... ¡Lo que sea!>

<¡Rachel! ¿Qué quieres que haga? ¡No puedo sacarlos de ahí!>

<Ya lo sé —respondió Rachel—. Todos lo sabemos. Pero si hubiera alguna manera de... destruir la nave. Sabemos que es muy difícil. Pero si hubiese alguna posibilidad...>

<¡No! ¡No!>

<Tengo que recuperar mi forma humana. Pedalearemos en el agua. Tenemos que estar preparados para cuando lleguemos a la nave nodriza. Luego nos transformaremos en animales y saldremos a luchar.>

<Esto no puede estar ocurriendo —grité—. ¡No puede ser verdad!>

<Supongo que Marco tenía razón —añadió Rachel con tristeza—. Era una locura creer que podíamos enfrentarnos a los yeerks.>

<Rachel... nunca te he dicho que...>

<No hacía falta, Tobías —contestó ella—. Siempre lo he sabido. Adiós.>

Fueron sus últimas palabras. Me la imaginaba recuperando su forma natural y tratando de mantenerse a flote junto a los demás, sin poder escapar de allí, preparada para lo peor, rogando por que yo encontrara la manera de proporcionarles una muerte rápida, como la que Visser Tres acababa de ofrecerme a mí.

Nos habían derrotado. Al final, los yeerks habían vencido. Con nosotros desaparecería la última esperanza de la raza humana.

Encima de mí, la nave-espada seguía a la espera como... como un ratonero cerniéndose sobre un conejo, lista para abalanzarse sobre mí y acabar conmigo en un santiamén.

Sólo que yo no era un conejo.

¿Que Visser Tres era un depredador? Pues muy bien, ¡yo también lo era!

Ya no había nada que temer. Si mis amigos morían en la nave nodriza de los yeerks, estaría solo y perdido en un mundo al que no pertenecía.

No tenía nada que perder.

Entonces vi algo que en cualquier otro momento me hubiera aterrorizado. Al otro lado de la superficie metálica de la nave, aparecieron unas criaturas que avanzaban a rastras hacia mí. Había por lo menos una docena. Eran unas orugas enormes, ciempiés sedientos de sangre fresca.

Eran taxxonitas.

Habían salido de la nave para cumplir las órdenes de Visser Tres.

Si no actuaba con rapidez, me darían caza. Y, si echaba a volar, las naves yeerks me freirían con sus rayos. Los taxxonitas estrecharon el círculo en torno a mí.

<Al parecer se te ha acabado el tiempo>, oí que decía Visser Tres en mi cabeza. Luego se

echó a reír. No era un sonido demasiado agradable.

"Visser Tres, eres un carnicero sin escrúpulos —pensé para mí—. Has sido muy listo. Me tienes atrapado. Atrapado como a un conejo."

Pero una cosa es un conejo atrapado y otra muy diferente un ratonero acorralado con la mente de un ser humano.

El taxxonita más cercano me apuntó con su pistola de rayos dragón y me miró con dos de aquellas esferas rojas que hacían las veces de ojos.

Tomé impulso con las patas, batí las alas con fuerza y me lancé como una locomotora contra aquellos glóbulos gelatinosos.

Él intentó protegérselos con una de sus débiles patas delanteras

¡Qué gran equivocación! Me corrí un poco a la derecha, saqué las garras y lo golpeé como haría con un ratón en pleno campo.

Cerré las garras alrededor del arma. La velocidad de mis movimientos le impidió reaccionar. El arma se le cayó de las manos.

<¡Atrápenlo!>, gritó Visser Tres y, en aquel momento, hasta me pareció ver que la nave-espada se agitaba con su estallido de rabia.

Sin embargo, no continué ascendiendo, sino que me dirigí a toda prisa a una zona del carguero en la que el armazón describía una curva y me agarré con fuerza a ella. Allí no podrían darme sin alcanzar también su preciosa nave.

Sabía muy bien adónde debía ir a continuación. Volando siempre a ras de aquella pared metálica, me dirigí al puente, en concreto, a las pequeñas ventanas por las que había visto a la tripulación de taxxonitas.

Tal vez no pudiera salvar a mis compañeros, pero iba a hacer todo lo posible por cumplir el último deseo de Rachel. Trataría de derribar la nave.

Incluso aunque ello significara acabar con la vida de mis amigos.

CAPÍTULO 25

<¡Despeguen! ¡Rápido!>, ordenó Visser Tres a la tripulación del carguero.

Apenas un segundo después, aquella enorme estructura empezó a desplazarse hacia adelante. Al principio, lo hizo muy despacio, pero luego, a medida que cobraba velocidad, iba creando un viento de proa que me impedía llegar al puente. Al tiempo que avanzaba, iba adquiriendo altitud poco a poco. Nos encontrábamos a unos treinta metros del punto de partida, que pronto se convirtieron en sesenta.

<¡Ja! ¡No te será tan fácil como crees, andalita!>

Entonces me entraron unas ganas enormes de

encararme con aquel monstruo odioso y decirle: "Para que te enteres, sabandija repugnante, no soy ningún andalita. ¡Me llamo Tobías!".

Sin embargo, no era el momento de fanfarronear. La verdad es que la cosa se iba complicando por momentos. El carguero aumentaba de velocidad.

Yo batía las alas sin descanso con todas mis fuerzas, pero no era suficiente para seguir el ritmo de la nave. Mi energía se agotaba. La pistola de rayos dragón pesaba tanto que casi me impedía elevarme y el viento soplaba cada vez con mayor intensidad.

Delante de mí, a pocos metros de distancia, divisé la protuberancia del puente de mando.

Avancé medio metro. Luego otro medio. Y así sucesivamente.

Aterricé y cerré las alas. Ya no tenía fuerzas para volar, pero sí para impulsarme con las garras, y avanzar por el techo del puente agarrándome a las aristas y resaltos que iba encontrando.

¡Por fin había llegado! Debajo tenía una superficie de plástico transparente que me permitía divisar a la tripulación de la nave. Los taxxonitas me miraban con ojos desorbitados.

Con una última acometida desesperada, levanté el vuelo. Si quería seguir moviéndome por delante de aquellas ventanas, no tenía más remedio que batir las alas con fuerza.

Entonces deslicé una de mis afiladas garras hasta el gatillo de la pistola y apreté.

<¡Los voy a asar a todos, gusanos!>

Una vez disparada, el arma no experimentó el menor retroceso. No se parecía en nada a las nuestras. Sin embargo, el rayo que brotó de ella bastó para abrir un boquete en una de las ventanas, destrozar a un grueso taxxonita y atravesar un montón de instrumentos y paneles de control como si fuera un cuchillo de cortar mantequilla. Mantuve el gatillo apretado todo lo que pude.

Estaba tan exhausto que no podía hacer nada más. La pistola se me escurrió de las garras y cayó a tierra.

Pero lo había conseguido.

Lo que siguió fue una escena sorprendente y terrible: la nave, de unas dimensiones tan asombrosas que, al verla, uno creía estar delante de un rascacielos, empezó a dar bandazos como si hubiera pasado por un bache.

A pesar de eso, hizo un movimiento brusco y continuó su trayectoria ascendente al igual que haría una ballena en busca de oxígeno. Se dirigía al espacio, su verdadero hogar. Pero era evidente que estaba fuera de control ya que, de buenas a primeras, se inclinó hacia uno de los lados.

¡BUUM!

¡Se oyó un gran estruendo y apareció una enorme bola de fuego de color naranja!

La nave, fuera de control, había chocado con uno de los helicópteros, que había saltado en mil pedazos.

Los demás cazas y helicópteros se apresuraron a quitarse de en medio, pero ya era demasiado tarde.

¡BRUUUUUUMMM!

Uno de los cazas golpeó el costado del carguero y se desintegró. Al darse cuenta de lo que ocurría, tanto la nave-espada como el resto del escuadrón se batieron en retirada.

Entonces vi el agujero.

En uno de los costados de la nave se había abierto una brecha de más de treinta metros de largo por la que no cesaba de brotar el agua procedente del lago. Acababa de formarse una catarata en el cielo. Miles de litros manaban a borbotones de las alturas.

"Alucinante", me dije.

Nos encontrábamos a unos doscientos metros por encima del bosque cuando los vi.

Cassie fue la primera en caer, seguida de Rachel y Marco. Tras ellos venía Jake. Los cuatro salieron de la grieta convertidos ya en seres humanos, cuatro chicos indefensos condenados a una muerte segura.

<¡Noooo!>

No había nada que yo pudiera hacer. Lo sabía, pero, a pesar de todo, fui volando hacia ellos a toda prisa, mientras veía cómo se desplomaban agitando los brazos, con las bocas abiertas en alaridos de terror.

CAPÍTULO 26

Se precipitaron al vacío.

Pero mientras lo hacían, iniciaron el proceso de transformación.

Cassie fue la primera. Comenzaron a salirle plumas en la piel. Una de las metamorfosis que mejor dominaba era la del águila pescadora, una prima lejana de los ratoneros de cola roja.

A medida que descendía, iba perdiendo su aspecto humano.

Marco y Rachel ya se habían convertido antes en águilas de cabeza blanca. Esas águilas son unas aves de gran tamaño, mucho más grandes que los ratoneros de cola roja.

Ante mis propios ojos, unas alas enormes sustituyeron a aquellos brazos que no paraban de agitarse desesperadamente.

Por su parte, Jake se transformó en un halcón peregrino, un ave tan veloz, que, a su lado, un ratonero de cola roja parecería una tortuga.

Vi cómo le crecía un pico en el lugar que antes ocupara la boca.

No había tiempo. ¡No había tiempo! Se estrellarían contra el suelo antes de...

Entonces Cassie desplegó las alas y echó a volar casi a ras de los árboles. Marco tuvo el tiempo justo para completar la conversión, pero lo perdí de vista cuando se desplomó en pleno bosque. Temí que hubiera realizado el cambio demasiado tarde.

Sin embargo, al cabo de unos instantes, me di cuenta de que algo se movía por encima de los árboles: era un ave con una orgullosa cabeza blanca y unas alas que medían más de dos metros de envergadura.

<¡Sí!>, exclamé.

En el cielo, la gigantesca nave de carga dejó de ascender y, tras inclinarse hacia atrás, empezó a caer a gran velocidad.

<¡Esta vez sí que hemos estado cerca! —oí que gritaba Marco—. No vuelvan a contar conmigo para esto. ¡Estoy harto de esta historia de los animorphs!>

<¡No cantes victoria todavía! —le advertí—. ¡Mira!>

Con el carguero fuera de combate, la nave-espada y los cazas-insecto volvieron a tener la vía libre y se dirigieron nuevamente hacia nosotros.

<¡Vamos, rápido! ¡Detrás de los árboles! ¡Que no nos vean!>

Como un escuadrón de aviones de combate bien entrenado, nos dirigimos hacia el bosque, donde a los yeerks les costaría más encontrarnos.

¡BUUUUUM!

Al principio creímos que se trataba de una bomba, pero después comprobamos que aquel estruendo lo había producido la nave de carga al chocar contra el suelo.

La conmoción produjo una enorme sacudida de aire que nos inundó como una inmensa ola marina.

Yo fui lanzado contra un árbol, pero conseguí evitar la colisión y de pura suerte no sufrí ningún daño.

<¿Están todos bien?>, grité.

Uno tras otro, mis amigos fueron contestando afirmativamente.

Sin embargo, la explosión había asustado a los animales del bosque. Las aves, o bien estaban escondidas, o se habían marchado al comienzo de la lucha. Las pocas que quedaban aún echaron a volar aterrorizadas.

Vi cómo ella alzaba el vuelo. El ratonero hembra. Tenía tanto miedo que su único deseo era escapar de allí y buscar refugio en las alturas.

Pero el cielo no fue esta vez un santuario para ella.

No sé cuál de las naves disparó aquel rayo. Puede que fuera uno de los cazas, o quizá la propia nave-espada.

Lo sucedido tenía fácil explicación: durante el rato que había permanecido sobre la nave, habían tenido tiempo de sobra para memorizar mis rasgos y, por desgracia, ella y yo nos parecíamos como dos gotas de agua.

El rayo dragón chisporroteó y convirtió en cenizas una de sus alas.

Y ella cayó al suelo para no volver a volar jamás.

CAPÍTULO 27

El carguero fue pasto de las llamas. Los yeerks se encargaron de eliminar lo que había quedado de él. No dejaron la menor huella que probara su existencia. Nada que poder mostrarle al mundo.

Pero habíamos logrado destruirla. Y también un caza-insecto. Y habíamos salido con vida de todo ello.

Al día siguiente visité a Rachel de nuevo. Me dio la impresión de que estaba esperándome.

—Hola, Tobías. Entra. No hay moros en la costa.

Salté por la ventana y, con un revoloteo, me posé en la cómoda.

—¿Qué tal te va todo? —me preguntó ella.

<Bien>, respondi.

Ella pareció dudar antes de decidirse a continuar.

—Escucha, Tobías... quizá pienses que lo que estoy a punto de explicarte es una locura. Verás, es que a Cassie y a mí se nos ha ocurrido que podríamos regresar al lago para tratar de encontrar... su cuerpo. El del ratonero, quiero decir. Nos pareció que lo menos que podíamos hacer era enterrarla.

<No, Rachel, no creo que sea una locura —contesté yo en un susurro—. En absoluto. Es un acto muy humano.>

—Bueno, eso es lo que somos: humanos. Los cinco —añadió ella mirándome con intensidad.

<Sí. Comprendí que lo era cuando me di cuenta de... de lo triste que me ponía al ver que la habían matado. A un ratonero de verdad no le hubiera importado lo más mínimo. Si hubiera sido mi compañera, la habría echado de menos, su ausencia me hubiera inquietado. Pero la tristeza es una emoción humana. Quizá te parezca extraño, pero creo que sólo un ser humano siente la muerte de un pájaro.>

—Si tú nos ayudas a inspeccionar el terreno desde arriba, quizá consigamos encontrar su cuerpo.

<No. Los animales del bosque ya se la habrán comido cuando lleguemos. A lo mejor un mapa-

che, un lobo, o cualquier otra ave, puede que incluso un ratonero. Así es la naturaleza.>

—Así es con los animales salvajes, Tobías, no con las personas.

<Sí, ya lo sé. Pero en parte estás equivocada, Rachel. Sí, soy una persona, pero también soy un ratonero, un depredador que mata para alimentarse y, al mismo tiempo, soy un ser humano que... que se entristece ante la muerte.>

En el rostro de Rachel había una expresión de profunda tristeza. Mi amiga es una persona de gran corazón.

Me dirigí hacia la ventana. Afuera, hacía un día espléndido. El sol brillaba y las nubes anunciaban la existencia de numerosas corrientes de aire que me llevarían sin esfuerzo hacia el cielo.

Eché a volar.

Soy Tobías. Un chico. Un ratonero. Una extraña mezcla de los dos.

Ahora saben por qué no puedo decirles mi apellido. Ni mi dirección. Pero puede que un día, al levantar la vista, vean recortarse contra el firmamento la silueta de un ave de presa de tamaño mediano. Un ave de presa dotada de un pico amenazador y unas garras afiladas diseñadas para clavarse y desgarrar. Un ave que habrá desplegado sus hermosas alas para planear sobre las corrientes.

Cuando la vean, alégrense por mí y por todos aquellos que pueden volar en libertad.